ナミコと
ささやき声

アンドレアス・セシェ

松永美穂 訳

西村書店

ナミコとささやき声

遠くまで行く必要はない。
でも、深いところまで行け。

装丁：小出真吾

NAMIKO UND DAS FLÜSTERN
Andreas Séché

First published by ars vivendi verlag GmbH & Co. KG, Cadolzburg (Germany) 2011

Printed and bound in Japan

プロローグ

ときおり月を見上げると、自分の姿が見える。ぼくが立っているのはたいてい庭で、松の木のすぐ横だ。空を見上げながら、指のあいだで松ぼっくりをゆっくりと回している。最近は、そんなもったいぶった仕草が気に入っているのだ。

どういうわけだか、ぼくにはずっと前から、自分が静かに月を見上げ、自分の決断とその間のできごとについて、考えるときが来るだろうということがわかっていた。もちろん悲しい気分ではあるが、同時に幸福でもある。悲しみと幸福は結局同じことなのかもしれない、誰もはっきりとは言えないけれど。

まなざしを下に向けると、窓を通して、明るく照らされた部屋のなかが見える。意識を集中させると、そこにぼんやりと、ソファに座った二つの人影が見えてくるのだ。赤ワインを飲みながら、のけぞって笑っている。

ぼくたちの姿が見えるね、とぼくはつぶやき、松ぼっくりを眺める。

1

笛の音を聞くたびに、ナミコのことを考えずにはいられない。

ナミコは笛と、そこから流れ出す響きが大好きだった。笛の音はナミコの肌と髪の毛を包み、ぼくには足を踏み入れることが許されない世界まで、彼女の魂を運んでいった。ナミコは笛の音を聞くと、まるで呪縛されたようになった。笛というのはたいてい日本の尺八のゆっくりとした低い音で、その音色の魔術はナミコを酔わせてしまい、ぼく自身もそこから逃れることはできなかった。しかし、音楽はぼくの内面よりも彼女の内面に、ずっと深く入り込んでいくのだった。

ナミコはそもそも、柔らかい音が大好きだった。十月の最初の風の、呼吸するような音。京都の小川の、くぐもったおしゃべりのような音。苔に積もった雪がきしむ音。遠くから聞こえる、寺の鐘の音。そしてもちろん、ささやき声。

ときおり、彼女がぼくの隣で草の上に寝転んでいるときなどに、ささやこうとするのがわかった。大声で念を押したりするのとはまた別のやり方で、ささやくってことは念を押すことなのよ、とナミコはいつも言うのだった。声をひそませるだけで、口にした言葉の重みが内容に移しかえられて、表現したいことに、押しつけがましくはない重要さの息吹が与えられるのだった。

「ささやきというのは」と、ナミコはあるときぼくの耳にささやいた。「声を使った親密な交わりなの」

そんなことが言えるのはナミコだけだった。

いろいろなことがあったあとで、いまになって振り返ると、幸福と憂愁の入り混じった奇妙な感覚に襲われる。ぼくたちの道が最初に交わったあの日、運命がどれほど激しくぼくの未来に介入しようとしているか、予想もできなかった。

あれは京都でのことだった。ナミコはぼくの人生のなかに、一つの謎という形で無言の挑戦とともに入り込んできたのだが、その謎は解かれることを望んでいた。もしあのときナミコに会わなかったら、ぼくの人生の多くが変わっていただろう。ぼくはたくさんのことに気づかないままでいたことだろう。水がざるを通るように、多くのことがぼくの知覚を通り抜けてしまっただろう。ナミコのおかげで、ぼくにとって一番大切な愛の贈り物はすぐ近くにあり、どこか外にあるのではないとわかった。もしナミコがいなければ、ぼくは命のやさしい音がささやくのを一度も聞かずにいたかもしれない。ぼくは自分の人生の旅の途中で突然ぱったりと立ち止まり、驚いて息を止め、それからたくさんのものを感じた。街全体の呼吸、建物の息づかい、ささやく庭園、街の謎と文字。そして、自然のなかにいるときも、ぼくはすぐに心地よいささやきに貫かれることになった。世界のささやき声は、いたるところに満ちているのだ。

当時、ぼくは二十九歳で、ドイツの雑誌社で編集者として働いていた。そして、日本の庭園について記事を書くために京都に来た。いくつかの庭園を見学し、古い花街である祇園を少しばかり歩き回り、一週間後にはまた家に戻る、というのがぼくの計画だった。だが、計画とは何だろう？　立てた計画をそのまま実行するのは、アイデアの足りない人間だ。実際、計画というのはいささかグロテスクな事柄だ。計画を練っている人間は創造的に見えるかもしれないが、その計画を守らない方が、より多くのアイデアの宝庫を示すことになるのだ。というのも、計画というのは机上の空論にすぎず、計画があれば安心と思わせて人目を欺くようなもので、予想外のできごとが起こった瞬間、それに対応しないための言い訳になってしまうこともあるからだ。

　ぼくはそのとき、銀閣寺の庭園を三十分あまり歩き回っていて、日本の庭園術について本で読んだことを自分の目で再確認しようとしていた。すると、ふと視線が逸《そ》れて、一人の女性に目がとまった。

　彼女は桜の木にもたれていて、両手をズボンのポケットに突っ込めるように、着ている男物の白いシャツの袖をまくり上げていた。癖のない黒髪をポニーテールにしていた。サングラスの柄を噛みながら、好奇心で目をきらきらさせている。ぼくが彼女に目をとめたとき、彼女の方ではとっくにぼくを見ていた。

　最初はびっくりした。まるで彼女とここで待ち合わせをしていて、ようやく互いに出会えてほっとしたような気持ちだった。彼女のまなざしは、知ったかぶりの研究熱心さでぼくに迫ってきており、遠慮なくぼくの外皮を剥《む》いて、内面を覗き込もうとしていた。ぼくの感情は揺らいだ。ぼくは目を脇に転じて、きれいに植えられて剪定《せんてい》された茂みに関心を向けようとした。だが、心の奥深くで短いあいだに何かが目覚めてしまい、植物など眺めてはいられない気持ちになっていた。というわけで、誘惑に抵抗できたのはほんの一瞬にすぎず、また桜の木の方に目をやってしまった。

あの女性はもうそこには立っていなかった。彼女が一度も振り返ることなく近くの竹藪に歩いていくのが見えた。

それから、その姿は消えてしまった。

2

彼女との出逢いは、四日経った後もまだ、ぼくのなかで静かな余韻となって残っていた。ぼくは日本庭園についての理論から離れ、できれば自ら庭園の空気にどっぷりつかろうと試みていた。そういうわけで、ぼくは禅寺の庭に座り、あたりは静寂に包まれようとしていた。眼の前には寡黙な風景が広がり、評価されることを、そしてヨーロッパ人に多くは期待できないとしても、理解されることを待っていた。かつての天皇たちの居住地で、日本の首都でもあった京都の禅寺の庭というものは、独裁的な芸術作品ではない。僧侶たちは繊細に石庭の秩序を整えるが、驚嘆する旅行客がその石庭をどうとらえるべきか、指示する者は誰もいないのだ。ひょっとするとその旅行客は田んぼを思い出すかもしれないし、砂漠を連想するかもしれない。そして、一匹のトカゲが走っていくのを見ながら、大胆な比喩を頭のなかでひねり出そうとする誘惑を感じるかもしれない。でも作庭的にいえば、この石庭では何一つ偶然に委《ゆだ》ねられてはいないのだ。すべての木々、茂み、石が、人間の手によって計算された場所におかれ、育まれている。それでいながらここには、フランス式庭園のように製図板で設計された雰囲気がまったく存在しないのだ。フランス式庭園ではときに、かつての設計者がミリ単位の細かさで方眼紙に描いた円の中心につまずいてしまうのではないかと、恐怖に襲われる。

日本の庭師たちはおそらく、自然の鼓動に近い存在なのだ。どこかで読んだことだが、日本人はまるで金細工のような繊細な感覚とニュアンスで、雨音やさまざまな場所への雨の降り方について、無数の言葉を編み出したのだという。そんなわけで庭園も、まるで大地が自らその庭を産んだかのように造られているのだ。

禅寺の庭で、ぼくはハーモニーに包み込まれていた。ぼくはそのハーモニーを手につかみ取ろうと試み、あたりを少しばかり歩き回り、辛抱強く小川の上に掛かっている小さな太鼓橋を渡ってもみた。その隣の池には錦鯉が元気に泳いでいた。錦鯉は人々に可愛がられ、一匹で車一台分の値がつくものもあるのだという。

禅寺の庭が持つ四つの要素は、石、水、木、そして苔だ。苔は陸地の上の緑の海のように、石の上に押し寄せ、木をよじ登ろうとする。ぼくは苔を踏まないように気をつけた。というのも、苔は日本では、雑草として毛嫌いされたりはしないのだ。苔は水分を保ってくれるし、古いものを意味してもいる。そして、古いものや過去に対して、多くの日本人は実に珍しいものを、すなわち尊敬の気持ちを差し出すのだ。ぼく自身もほどなく、過去のものに対してまったく新しい見方をするようになったのだが、この時点ではまだそんなことは思いもしなかった。苔だけではなくそもそも自然に対して、多くの日本人は健全な敬意を抱いているのだが、これは地震や台風でくりかえしかき乱されてきたこの国では無理もないことなのだろう。そして、日本で一般的な神道、すなわち「神の道」は、目がくらむほどたくさんの神々や霊たちを提示しているのだった。そうした神々がいたるところに、つまりはどの石にも木にも川にも、あらゆるもののなかに潜んでいるので、日本はときおり「八百万《やおよろず》の神の国」ともいわれる。

日本人が京都を「日本のふるさと」と呼ぶときには、こうした牧歌的情景を指しているのだ。

きれいに剪定された松の木の前で、物思いに沈んだぼくの散策は終わった。ガイドブックをめくると、そこには庭園についての章があり、松の木は長寿を意味すると書かれていた。

突然、背後から声が聞こえた。

「こんにちは」

ぼくは驚き、ガイドブックから目を上げて振り向いた。後ろに立っていたのは男物のシャツを着た例の女性だ。きょうは赤と白のチェックのシャツだった。それをゆったりと白いジーンズの上に羽織り、髪はまたポニーテールにして簡素な白いゴムで束ねていた。「こんにちは」という日本語の意味を、ぼくは幸運にもここ数日の日本滞在のあいだに学んでいた。

「こんにちは」ぼくはつっかえながら答えた。自分が赤面しているのがわかった。どうしよう？　それ以上の日本語は話せなかった。学校で習った英語を記憶の底から取り出そうとしていると、その女性が穏やかなほほえみを浮かべながら助け船を出してくれた。「日本語ができないなら、あなたの国の言葉で話しましょうよ」とドイツ語で提案してくれたのだ。

「ドイツ語ができるんですね！」ぼくは叫んだが、そんな単純な確認をしたことに対して、心のなかで自分を平手打ちした。

「大学でドイツ文学を専攻してるんだから、できても不思議はないでしょ」と彼女は笑った。

「あなたの本には、待っている恋人について何と書いてあるの？」

「え？」ぼくは訊き返し、唖然としてガイドブックを見つめた。

「待つ人。この松の名前ですよ！」

彼女はちょうどぼくたちの目の前の木を指さし、ほほえみながらぼくを温かく見つめた。

「日本語の『松』という言葉は、『待つ』と発音が同じなんです。この松の木が女性で、一生懸命恋人を待っているとしたらどうかしら？」

「ぼくが男性で、一生懸命きみの名前を知りたがってるとしたらどうかな？」と、ぼくは尋ねた。どうやら半分くらいは自分を取り戻したようだ。

「ナミコです」と彼女は笑い、日本人には珍しく、握手しようとまっすぐに手を伸ばしてきた。ぼくも自分の名を告げた。

「わたし、びっくりしているんです。お寺の庭であなたに会うのは、これで二回目ですよね。それなのにまだ、庭園の語る言葉がわからないんですか？」

「それは……」

「この庭は、あなたに物語を語っているんです。植物に姿を変えたメルヒェンの世界にいるようなものです。松の木が、待つことでもある言葉の世界にね」

「残念ながら日本語はできないんです。『こんにちは』しか言えない」ぼくはほほえんだ。

「それならできることはただ一つ……」

「きみみたいな人に尋ねることだけだよね」ぼくは言ってみた。

「日本語を習うことですね」彼女はにやにやしながら答えた。

「言葉がわかるようになるまで、庭が語ってることを翻訳してくれないかな？」

そう訊いたのは、職業的な関心からではなかった。この瞬間、自分が職業を持っていたことさえ忘れていた。ぼくはナミコだけを見ていて、こういった質問によって、彼女がまた消えてしまうのを防ごうとしていた。

だが、そこにはもっと理由があった。恋人を待っている女の話や、ぼくの周りの植物に姿を変えた人々の物語が、何らかの意味で重要なのではないかと感じたのだ。

ぼくたちは一緒に歩いていき、小さな庭園を出て、喫茶店を探そうとした。

「どうしてぼくがドイツから来たってわかったのかな？」歩きながらぼくは尋ねた。

「前に、銀閣寺のお庭で会ったでしょ。だからきょうはもう少しじっくりとあなたの様子を見て、これを発見したんです」と彼女は言い、ぼくが手にしているドイツ語のガイドブックを笑いながら指さした。「話しかけずにはいられませんでした。だって、お寺の庭で二度も会うなんて、めったにないことでしょ。しょっちゅういろんなお庭に行ってはいるんですけどね」

「何のために？」

「読書するんです」

「本を持たずに？」とぼくは尋ね、探るように彼女を見下ろした。

「本は必要ありません」と彼女は言った。

ぼくたちはしばらく黙っていた。

結局喫茶店に入り、ナミコはカプチーノを頼むと砂糖を五杯も入れた。ぼくはコーヒーを注文し、いつもならミルクを入れるのに、ブラックのまま啜《すす》った。クールな印象をナミコに与えようとしたのだ。男には、そんなところがある。

「そうだね、松の木の皮の下には材木以上のものが潜《ひそ》んでいると思うよ」とぼくは言い、苦みを避けるためにコーヒーを飲みながら舌を丸めた。

「ときどきヨーロッパの観光客を案内して、庭の言葉を翻訳するんです」

「たとえば松の木が、恋人を待つ女だと教えたりして？」

「それって、ものすごく強いイメージじゃないですか？　そんな松の木が、何十年ものあいだ揺るがずに立っているんですよ。待っている相手を大いに信頼していることがわかるでしょ。ずっと佇んでいるんです。根を下ろして。待ちに待って、待って。時間を表す『期』という漢字と『待つ』という漢字を並べたら、『期待』という言葉になります。待っている人が相手と共に過ごす未来を期待するのは、一緒に体験した過去があるからだと思います。だからこんなに長く待ち続けることができるんです。彼がいつの日かきっと、二人の絆のもとに戻ってくることを彼女は知っています。すばらしい信頼の証《あかし》ですよね、そう思いませんか？」

「そんなに長いこと彼に会っていないのに、二人の心はずっと近くにいたに違いないね」

「そうですね」とナミコはささやいた。彼女のささやき声を聞くのは、それが初めてだった。

「そうに違いありません」ナミコは考えに耽《ふけ》りながら、ぼくを見つめた。「日本庭園の松は、持続することを表してもいるんです」

「持続？」

「針のような葉っぱの色のせいですね。松はいつも緑ですもの」

「それは……ほんとにいい話だね」

ナミコは黙ってぼくを見つめ、考え深げに人差し指で鼻の頭を撫でた。それからペンを取り出し、紙ナプキンに何かを書きつけた。「明日、秘密の庭園を見る気はある？」しまいに彼女はくだけた口調で尋ねてきた。

ぼくはうなずいた。待ち合わせの場所を説明しながら、彼女はさらにナプキンにも字を書きつけた。それから立ち上がった。「もう行かなくちゃ。明日、楽しみにしてるわ。ほら」

と彼女は言い、ぼくの手にナプキンを押しつけて出ていった。ナプキンには謎めいた文章が書かれていた。

「禅の師である石鞏《せっきょう》が、自分の寺の僧に『虚空《こくう》をつかむことはできるか？』と尋ねた。僧は両手でなかが空っぽの入れ物の形を作った。『なかに何も入っていないな』と石鞏は不満そうに言った。『もっとよい方法があればお教え下さい』と、僧は師に迫った。すると石鞏は相手の鼻をつかんで、力いっぱい引っ張った。『うわ』と僧は叫んだ。『痛いです！』『これが、虚空をつかむ方法である』と石鞏は言った」

ぼくにはまったく理解できなかった。

3

タクシーでホテルに戻った。フロントで、滞在を延ばせるかどうか訊いてみた。カウンターの向こうで親切にほほえんでいる男性が、パソコンに何かを打ち込んでからうなずいた。ぼくはハンブルクの編集部にファックスを送り、日本での調査に三週間の休暇も加えさせてほしいと頼んだ。

それからロビーに座って、ホテル正面のガラス戸から外を眺め、ナミコからもらったテクストのことを考えた。紙ナプキンに書かれたあの文章は何を意味しているんだろう？　お互いの鼻を引っ張り合う大人の男たち！　それが虚空をつかむことと何の関係があるのだろう？　そもそも、虚空をつかむとはどういうことなのか？　いつものように頭のなかで短い対話をあれこれくりかえしたが、役に立たなかった。思考が逆らっていた。テクストについては、あとで考えることに決めた。もっとずっと重大なことが頭をよぎったのだ。

もしかしたらあの女性は狂っているのかもしれない。いずれにせよ、本を持たずに読書するのが好きで、カプチーノに何度も砂糖を放り込み、木々についての哲学的考察をし、風変わりなテクストを紙ナプキンに書きつける。典型的な大都市の住人がそんなことをするなんて、ぼくは思ってもみなかった。ちゃんとした住人なら、目的地に向かって矢のように横断歩道を渡り、他人の目を覗き込んだりせず、週に一度は自殺のことを考え、神経症を保ち続けるのだ。木を見ても木だとしか思わず、恋人を待つ女だなんて言ったりはしない。

普通なら。

ぼくは夢中になった。ナミコに関することだけではない。秘密の世界が入り口の門をほんのちょっと開いて、少しだけなかを覗かせてくれたのだ。普通の世界のなかで同時に、同じ場所に存在しているらしい、もう一つの世界。

この隠れた世界に足を踏み入れるチャンスが与えられたのだ。

そして、ナミコはその世界の鍵を握っている。

磁力のようなものが磁場をぼくのところまで拡げて、ぼくの考えを新しい方向に向けようとしていた。そして、ナミコを一目見たときに、ぼくたちは互いに相手を待っていたんだと確信したのと同様、日常という表面の背後に隠れていた世界は、もうずっと前からぼくのためにそこにあったように思えた。一瞬、自分が腰かけているソファが柔らかい苔で覆われた石に変化し、漠然とした小さなささやき声が耳をかすめたように思えた。

ガラスの向こうの道路をセミトレーラーが通り過ぎた。ダークグレーのスーツを着た男性が、日本のあらゆる街角におかれている飲み物の自動販売機のところで、何やらごそごそやっていた。若い女性が大きな植木鉢の端っこに腰を下ろして、腕に抱いた赤ん坊をあやしていた。仕事帰りの時間で、まるであちこちのアスファルトが割れて群衆がそこから直接湧き出してきたかのようだった。リラックスした人々の群れが、水槽のなかの無言の魚みたいにガラス戸の向こうで動いていた。ホテルの玄関でタクシーが止まり、一人の女性を下ろした。彼女たちは笑いながらロビーに入ってきて、開いた扉から道路の喧噪も持ち込んできた。

外の世界がロビーに浸透してきた。

ホテルの入り口付近に座ってガラス戸越しに息せき切らした京都の現実を眺めながら、隠れた世界のなかに何があるのか突き止めようとぼくは決心した。自由な時間ができたといっても、それは日本での休暇ではない。むしろそれは、謎めいた世界への旅となるべきだった。その世界に潜入する前からすでに、ぼくはその存在を感じていたのだ。

何かがぼくを待っていた。

4

いまではあのころを振り返ることができるようになり、ナミコが最初の出逢いのときにぼくを魅了したのは、ぼくのそれ以前の恋愛とも関係があったのだとわかった。といってもそれは恋愛と呼べるほど深い関係ではなく、ぼくが日本に旅立つ直前に解消してしまったのだけれど。

相手の名前はエヴァといい、その前に付き合っていたリンゴ農家の女の子と同様、簡単に誘惑されてしまうような娘だった。彼女と別れたとき、二人の関係はとっくに賞味期限を過ぎていて、いろんなことが爛《ただ》れた状態になっていた。だが決定的だったのは、自由の重大さについてエヴァがお題目のようにくりかえす言葉を、ぼくがもう我慢できなかったということだ。彼女はしばしば自分勝手な行動を取り、ぼくをそこに関与させなかった。そして、そのたびごとに、男女関係においては距離が必要であり、恋人たちは必要な距離をおかなければ息が詰まってしまい、関係を持続させることもできないし、人間は誰でも秘密が必要なのだ、というテーゼで自分の主張を飾っていた。彼女の自己防衛の言葉は油を熱したフライパンに水が注がれるように、ぼくのなかに注ぎ込まれた。

ひょっとしたら、ぼくはほんとうに退屈な人間なのかもしれない。ぼくには秘密はなかった。一人で外出するときにも、質問されるまでもなく、その外出の理由や会う相手、行き先を彼女に知らせていた。そして外出から戻ると、どうだったかを話して聞かせた。

エヴァが外出するときには、基本的に何も教えてくれなかった。そんなときは上機嫌で、うっとりと宙を見つめ、ぼくがどうだったかと尋ねると攻撃的になった。人は攻撃性によって距離を生み出す。隅に追い詰められた動物はそのことをよく知っている。

質問に答えなくていいように、奇妙な状況を説明したり、ぼくを彼女の人生に関わらせなくてすむように、エヴァは攻撃性を利用した。一度、赤いハートがついたプレゼント用のリボンが彼女のベッドにおいてあった。ぼくがそれについて尋ねると、彼女は怒りを爆発させ、自分を信用してくれないと言ってなじった。その瞬間、ぼくはいまこそ彼女を信用するのをやめるときではないかと悟ったのだ。

「ある人にプレゼントをもらっただけよ」と彼女はおしまいに、まるでリボンについてそれ以外の説明もあり得るかのように言った。

「何を?」

「香水よ」

「誰がくれたの?」

「あなたの知らない人」

一つ一つの答えを聞くたびに、エヴァが何かを隠しているという疑念が募っていった。あの当時、こうした質問にあっさり答えてくれるような女性と一緒に暮らせたらいいのに、と夢想したものだった。そうすれば、ぼくたちは笑いながら相手を抱きしめることができる。ぼくが何かを誤解したけれど、真実はまったく平凡なものだった、という理由で。だが、エヴァはそんな女性ではなかった。エヴァのお気に入りの台詞は、「いちいち自分を正当化する必要はない」というものだった。もちろんエヴァはいちいち自己正当化する必要はない。問題はむしろ、自己正当化したいかどうかということなのだ。

この奇妙なゲームのなかで自分が果たす役割も、ぼくにはどんどん気に入らないものになっていった。シーソーでバランスを保つときのように、ぼくの側でもどんどん重心が外に偏っていって、ぼくたちはますます互いに離れてしまっただけでなく、エヴァの人生に関わりたいという願いは、彼女をコントロールしたいという欲求に変わっていった。

関係が終わる直前の数週間、彼女とのセックスに嫌気がさしていたことを思い出す。彼女にキスされると吐き気がした。バニラアイスが溶けないようにぺろぺろ舐めるようなキスだった。彼女の隣で横になりながら、ぼくにさわらないでほしい、セックスに誘導しないでほしいと願っていた。なぜって、そこにはいつも彼女の誘導があったのだ。二人のあいだのセックスは育てるものではなく、やると決めて実行するだけのものだった。

エヴァと付き合う前には、セックスがこんなふうに、骨を覆っている肉の塊が二つ接合するだけの行為に減じられてしまう経験をしたことはなかった。エヴァはそれで充分だと考えていたが、ぼくは惨めだと思った。彼女との関係において、当初はすべてをバラ色に見せていた眼鏡がどこかで外れたに違いない。エヴァといても何ら得るところがないと、はっきり気づいてしまった。

ぼくはエヴァを自分のアパートから、自分のアルバムから、そして自分の心や生活から放り出した。それが辛くない、ということだけが辛かった。つまりは人生の時間を無駄にしたとわかったからだ。人間には、別れを辛く感じる権利があると思う。愛ゆえの苦しみは、愛する能力を前提にしている。幸福でいるときよりも、苦しんでいるときの方がそれを強く感じるものなのだけれど。一つの関係が壊れると、ただもう一日中布団のなかに潜って、自己憐憫に耽りたいと思うものだ。ものすごく辛く感じて、毎日友人に電話し、くりかえし同じ泣き言を聞かせてしまうかもしれない。もしほんとうにいい友人だったら、うんざりしたとしても話を聞くのをやめないでいてくれるだろう。そして、くどくど泣き言を並べるのにぼく自身が耐えられなくなるまで辛抱してくれるだろう。誰かがぼくたちの心のなかに場所を占め、特別なやり方で心を満たしてくれていたのに、突然それが取り去られたとしたら、心を麻痺させるような空虚感によって、それが嘆くに足る関係であったと気づくのだ。悲劇を演出しようと思ったら、ぼくたちは心の空虚さをアルコールで埋めようとするかもしれない。だが、何をするにせよ、悲しみは別離のあとで嫌でも襲ってくるものなのだ。

エヴァとの別離では、まったくそういうことがなかった。彼女の心のなかまで入り込むチャンスがなかったし、彼女もぼくの心には入ってこなかった。彼女は息抜きのために自由な空間が必要だと主張し続けた。ぼくという人間を吸い込まないように、安全な空間がほしかったのかもしれない。

そういうわけで、ぼくはエヴァを砂漠に送り出した。そこならたっぷりと、息をする空間があるはずだから。

5

「こんばんは」とナミコはほほえんだ。「こんばんはって、グーテン・アーベントという意味よ」

「こんばんは、ナミコさん」とぼくは言ってみた。

ナミコは噴水の縁に腰かけ、二つの小石を手のなかで回していた。シンプルな赤いワンピースを着て、白い靴を履き、小さな茶色のリュックサックを肩にかけている。髪には白いカチューシャをしていた。ぼくはしばらくバスに揺られてここまでやってきた。待ち合わせの場所は京都市の外れだった。バス停から噴水まで歩いてきた感じでは、どうやら住宅街のようだった。

ナミコは立ち上がり、小石を水のなかに投げ込んだ。「庭園はすぐそこよ」彼女はそう言うと、歩き始めた。

「住宅街のなかに公共の庭園があるの？」彼女について歩きながら、ぼくは尋ねた。

「公共だなんて、誰が言ったの？」

「違うのかい？」

「違うわ」

「じゃあ、誰の庭？」

「そんなことより、どうやってそこに入るのか訊いてよ」

「どうやって入るんだい？」

「この壁を越えるのよ！」ナミコは立ち止まり、目の前の白壁を指した。壁の向こうには何本かの木が、通行止めの柵の向こうの野次馬みたいに、壁の上に梢《こずえ》を覗かせていた。

「ナミコ？」

「はい？」

「ぼくたち、こんなところから押し入ったりするわけじゃないよね？」

「いいえ、わたしたちはこの小さな壁によじ登って、庭を見学するのよ」ナミコは答え、登り始めた。そして、かさかさという音を立てながら、姿を消した。

「こっちに来て」彼女の小さな声が、向こう側から聞こえてきた。

ぼくは壁によじ登り、反対側に着地した。突然、自分が新しい土地に足を踏み入れる探検家のような気がしてきた。

「こっちの方よ」ナミコはささやき、いくつかの茂みをかき分けていった。

すでに太陽が沈もうとしており、ぼくたちを散漫な黄金の光で包んだ。ぼくはナミコのあとについて、平たい石が敷かれた小さな道をたどっていった。それらの石の角は不規則な角度をしていたが、そのおかげでかえって単調な左右対称に陥ることなく、調和のとれた形で互いにうまく組み合わさっていた。ぼくたちはさらに進んで、一種のプラットフォームみたいになっている大きな石の上に立った。

「この道だと、あなたには周りの景色があまり見えないんじゃないかしら？」ナミコが小さな声で尋ねた。

「そのとおりだね」

「石のせいよ」彼女はそう言って、ぼくたちが通ってきた道を指さした。「石をわざと不規則な形に並べているの。だから歩くときにいつも下を見て、転ばないように集中しなければいけないのよ。そうやって、ばたばたと慌ただしく庭を通り抜ける人がいないようにしているの」

「でもそれだと、周りの景色はあまり見えないね」

「いまやってるみたいに、大きな石の上に立ってあたりを見回せばいいのよ」

ナミコは赤いワンピースをたくし上げると、その場にしゃがみこんだ。彼女は片手で、茂みのあいだの場所を指し示した。白い砂の上に箒できれいにつけられた筋がそこから延びていて、ぼくたちの道の脇を通ってずっと向こうの、見えないところまで続いていた。

「砂はほとんどいつも水を象徴しているの」と彼女は説明した。「そしてここには、あっちの地面から湧き出した水が、小川になって流れている様子が描かれている。この場所はいわば生命の源で、小川は生命の流れを表しているの。これがどこまで流れていくか、見てみましょう」

ぼくたちは石の敷石の上を、恭《うやうや》しく歩いていった。何かの音が聞こえるたびに、ぼくはあたりを見回した。この庭は誰のものなんだろうと、あれこれ考えていた。するとナミコがまた立ち止まって、白砂の小川の横の地面から生えている松の木を指さした。

「恋人を待っている木よ。その後ろはマルヴェ」ナミコは説明した。「日本語では葵《あおい》というの。でもその言葉は、『互いに出会う日』とも解釈できるのよ（昔は「あふひ」と振り仮名をふった）。見てのとおり、葵のある場所から草が生えて砂の川を囲んでいるわ。草は新しい愛を意味しているのよ」

「どうしてここには一つも花がないのかな？　すべてがよく手入れされているけど、カラフルな植物が一つもないよ。もし二つのものが出逢ってそこから新しい愛が芽生えるなら、そこには咲き誇る花を植えるのがいいんじゃないかな」

「こういう庭園の場合、何が植えてあるかはそんなに重要じゃなくて、どういうふうに植えるかが問題なの。禅にとって重要な様式の手段は、いわゆる『価値のある質素さ』よ。装飾的な要素がないのもその一部で、外面的な形式には背を向けているの。そう考えると、年を取るというのも死ぬことではなく、ただ外面的な肉が落ちて骨が見えてくる、つまり物事の核心があらわになることなのよ。物事の核心に、色がついたり飾りがついたりすればするほど、内なる本質へのまなざしが妨げられて、外面的な殻のなかに隠されてしまう。日本の庭園や禅がつつましさを特徴としているのは、そういう理由かもしれない。庭園も禅も、目に見える実生活の背後にあるものにまなざしを向け、真実を見つけようとしているから。たくさんの日本庭園に、白い砂で大きな平面が作られているのは知ってるわよね」

「もちろん」

「『余白の美』というのよ。白くて特別な平面の美しさ。同じ原則が日本の墨絵にも見られるわね。画家がわずかな筆の痕跡だけに絵画を限定して、あとの部分は白いまま残しておくの。ときには、描き加えるよりも、描かないでおくことの方が重要なのよ」

ナミコは説明しながら、最後の言葉を言うときに声を潜めた。すでにこの日、ナミコは何かを減らすことによってその中身を強調することが、ぼくにはわかった。

緑の竹藪が、砂の道を縁取っていた。竹はしなやかだけれど曲げても折れないので、順応性や生命を表しているのだとナミコは説明した。

ふいに、目の前に門が現れた。

竹の幹を組み合わせ、簡単な枠にはめただけの自在扉だったが、繊細な模様が編み込まれていた。この門が特別だったのは、左右に生け垣も、侵入を防ぐ壁もなかったことだ。だから、あっさりと門の脇を通り抜けることもできたし、そういう意味では一見何の役にも立たない門であるように見えた。

「この門は茶道の思想を表しているの」ぼくの不審そうなまなざしに答えてナミコが説明した。「障害物としての本来の役には立たないけれど、より深い意識の世界への進入を象徴しているのよ。茶道の儀式が行われるときに、訪問客たちはこの場所で世俗の悩みを払い落とし、頭を空っぽにして進んでいくことが求められているの。ほら見て、生命を表す砂の川が、ここにも流れているでしょ。来て！」

その間に太陽は、最後の光を投げかけて地平線に姿を消していた。門の背後では、松と楓、ツツジと椿の小さいけれど生い茂った木立がぼくたちを待ち構えていた。弱まっていく光のなかで、木々はぴったりと寄り添って立ち、その並びのなかに何かを隠そうとしているかのようだった。

「日本語では『森』というのよ」まるでぼくの考えを読むことができるかのように、ナミコが説明を始めた。「でも、同じ発音で『守り』という言葉もあるの。それは守ることを意味しているのよ。この森が守っているものは、きっとあなたの気に入ると思うわ」

道はふたたび、石のプラットフォームによって中断されていた。ぼくはあたりをきょろきょろ見回したが、一瞥しただけでは何も変わったものを発見できなかった。

「ここから何か見えるものがある？」ぼくは尋ねた。

「あそこ、砂の川のすぐ横よ！　石の灯籠《とうろう》があるでしょ。そして反対側の岸に、古い石があるの」

「それにはどんな意味があるの？」

「灯籠は、いわゆる『見立てもの』なの。それによって、古いものが新しい意味を得たことを示しているのよ。たとえば水車小屋の古い石臼が、敷石として使われることがあるみたいに。この発想も、元々は茶室の庭から来ているの。お茶の師匠が、もう火が灯されなくなった古い石灯籠を庭園の飾りとしておいたりするようにね。『見立て』という言葉は、『何かを新しく見る』ことだとも解釈できるわ。庭園では、古いものが新しい命を得て目覚めるのよ。たとえばもうあたりを照らさなくなった灯籠が、それでも生の流れに参加するようにね。まるで思い出みたい。経験したことは過ぎていくけれど、それについての思い出は生き続けるのよ。年を取れば取るほど、灯籠は重要になるの」

「そして、石の方は？」

「思い出と過去についての考えを補ってくれる。石は年代を表すもので、石を売る人たちはときどき販売前の石を地面に埋めて、古びた趣きが出るようにするわ。そうした古さはとても重要なの。それによって、ある物体の歴史が目に見えるようになるから。でもこの石は、見かけをよくするためにわざわざ埋める必要はなかったわ。実際に長い歴史のある藤戸石《ふじと》（藤戸は岡山県倉敷市の地名）なんだもの。たくさんの人の手に渡り、袋に入れられたり、隠されたり、多くの人の気持ちを動かしたあとで、小さくて取るに足らないこの庭園にたどり着いたの」

ナミコはまた立ち上がるとぼくの腕にそっと触れ、さらに導いていった。石の道は木々のあいだをくねくねと通り抜け、緩い下りになっていた。どんどん暗くなってくるなかで、ぼくたちはつまずかないように、とりわけゆっくり歩かなくてはいけなかった。

するとこの小さな森の秘密が突然目の前に現れた。

空き地が木々を脇に押しのけているように見える。道と砂の川は急旋回して再び木々の下から現れ、ぼくたちより少し下方の、空き地の真ん中にある小さな池を目指していた。砂の川は直接その池に流れ込んでいたが、道の方は小さな橋にぶつかって終わっていた。その橋は、池の岸から小さな島に架かっている。島は、しっかりと碇《いかり》を下ろした船のように、安定感を持って池の中心に安らっていた。空は群青色になり、最初の星の瞬きが池の面《おもて》に映っていた。

「あれは心なのよ」ナミコが畏敬の念を込めてささやき、穏やかに揺れる水面を指さした。

「池のなかに島を作るというアイデアは、道教から来ているの。物事の核心を見つめて、静かに自分を深めようとする自然哲学よ。昔の中国では、人間は不死となってあのような福者《ふくしゃ》の島に住むことになると考えられていたの。そして水の美は、風が凪《な》いだときに空中から表面を観察したときの、完璧な滑らかさにあるわ。それを俯瞰美と呼ぶの。鳥の視点から見た美しさのことよ」

「あの砂の川はとてもきれいな場所で終わっているね」とぼくは言った。

「そして、わたしたちの散歩もそうよ。いらっしゃい！」

ぼくたちは水際に行き、岸辺に腰を下ろした。空では月がほのかに輝いていた。この時点では、ぼくはまだ月が自分の人生でどんな役割を演じることになるのか、知らずにいた。水は絶えず自分自身を飲み込むかのように、小さなゴボゴボという音を立てていた。一つ一つの波は、小さく限られた池の世界から逃げだし、地面に飛び移ろうとするかのようだった。オレンジと白の入り混じった細長い影が岸に向かって泳いできた。鯉たちの、〇の形をした口が水のなかから現れた。鯉の頭が、液体でできた窓ガラスのような水面を打ち破り、黒く湿った目が、一つの宇宙から別の宇宙を覗き込んでいた。ナミコは小さなリュックサックを脇に下ろすと、片手を用心深く水の表面にくぐらせた。一つの世界から別の世界へ招こうとする仕草だ。魚たちはナミコの指に向かってきて、興味深そうにそれをつつき回した。

「日本の庭を表す言葉は『庭園』よ」ナミコはようやく口を開いた。「その言葉は二つの漢字から成っていて、一つは『人の手で整えた自然』、もう一つは『放置された自然』を表しているの。最初は対立する概念のように見えるけど、これが日本の庭の根本原則よ。たとえばここにたくさんの竹の生け垣があるのはそのせいなの。生け垣はもちろん人の手が形作るものだけれど、竹は自然の素材でしょ。形成と放置が、交互に現れるのよ。まるで恋愛関係みたいにね」

彼女は穏やかにほほえみ、ぼくを見つめた。「恋愛も、相手の性質を認めて愛し、そのままにしておくってことでしょ——それでいて、一緒に何か新しいものを作り上げるの。じっくり見ていると、庭園はずいぶんたくさんのことを語ってくれるものよ。あそこの柳は見える?」

「あの木がどうかしたの?」

「あれは一本の木というだけではなくて、一つの物語でもあるのよ。あるとき、ああいう柳の木がここ京都で、一人の侍の屋敷の庭に立っていたの。侍はその木が嫌いで、切り倒そうとした。すると別の侍がその木を買い取って、自分の庭に植え替えたの。柳の木の精はこの侍にとても感謝して、美しい女に姿を変え、二人は結婚して一人の男の子が生まれた。

ところが残念なことに、侍の土地を所有していた領主が、寺の修復に使う木を探していてこの柳を見つけ、切り倒すことにしたの。それを知った女は夫である侍に、自分は木の精なので死ななければならないと打ち明ける。驚いた侍は当然のことながら、領主が柳を切り倒すのをやめさせようとあらゆる手を尽くしたわ。でも領主の心は変わらなかった。それで、柳の精は木のなかに戻ったの。切り倒されたあと、その木は三百人がかりでも一ミリも動かせなかった。三百人がかりよ、わかる？　それから何が起こったと思う？」

　ぼくは首を横に振った。

「侍と美しい木の精から生まれた小さな男の子が、その木に歩み寄って、小さなか弱い手でやさしく一本の枝をつかんだの。三百人の男が集まっても持ち上げられなかったその柳は、可愛い男の子によって寺まで運ばれたのよ」

　ぼくは黙ってナミコの目を見つめた。いまの話がどれほどぼくの気に入ったか、彼女がぼくの表情から読み取ってくれたらと思った。

「ときには小さな仕草が、大きな身振りよりものごとを前に進めるのよね」とナミコはささやいた。

　彼女は手を水から出した。ずっと彼女の指をつつき回していた魚たちは、ゆっくりと去っていった。

「きみは、紙ナプキンに話を書いてくれたよね。あの話の意味は何？　ぼくにはよくわからないんだ」とぼくは言った。

　まだぼくが話し終わらないうちに、背後の小さな森から足音が近づいてくるのが聞こえた。どうやらナミコにも聞こえたらしい。というのも、すぐに立ち上がり、ぼくの腕を引っ張ったからだ。

「ここから逃げましょう」彼女は小さな声で言うと、リュックサックをつかんで走り出した。

ぼくたちは空き地を越え、かすかに月に照らされた闇のなかへ走り込んだ。ぼくたちの背後では、年配の男性が驚いて日本語で何か叫んでいた。ぼくたちはさらに急ぎ、何本かの木が密生している茂みに到達すると、その樹冠の下をくぐり抜けた。枝が刑罰のようにぼくの顔を鞭打った。いきなり、壁が道をふさいだ。ナミコはその壁をよじ登ると、向こう側に姿を消した。ナミコは明らかに、不意の逃走に対してぼくよりも備えができていた。ぼくの方は壁をよじ登るのにいささか苦労し、木々のあいだからこちらに迫ってくるすばやい足音が聞こえてきたときに、ようやく壁を越えることができた。

壁の向こう側ではナミコが道ばたに立ち、腹を抱えて笑っていた。

「誰だったのかな?」ぼくは喘《あえ》ぎながら言った。

「庭の持ち主よ」ナミコはくすくす笑いながら、さらに走っていった。次の角で、ぼくたちは大きく息を弾ませながら立ち止まった。

「もう二度と、ぼくをこんな目に遭わせないでくれよ」ぼくは笑いながら、人差し指で脅かした。「ぼくたち、不法侵入だったんじゃないか!」

「ええ、おもしろかったわね」ナミコは含み笑いをした。「でも、もう家に帰らなくちゃ。紙ナプキンに書いた話のことだけど——それについて質問することのできる人を教えてあげるわ」ナミコはリュックサックのなかをかき回し、自分で書いた地図を取り出すと、ぼくの手に押しつけた。

「そこに、ちょっと変人だけど親切な老人が住んでいるの。その人は紙ナプキンの話について、わたしよりもずっとよくあなたと話ができると思う」

「でも、知らない人のところにいきなり——」

「冒険してみてよ！」彼女は大声で言うと、立ち去ってしまった。

6

その老人はじっと黙ったまま、小さな丸い眼鏡のレンズを通して、ぼくが英訳したナミコの文章を見つめていた。彼は考え深そうに、口の周りの疎《まば》らな灰色の顎髭を引っ張っていた。そしてしまいに、咳払いをした。

「これは公案（禅宗で祖師が示す言葉や行動。参禅者を悟りに導くために与える課題。いわゆる禅問答のこと）だな。呪われた公案だ」彼は、日本語なまりはあるものの完璧な英語でうなった。それから、もう箸でつついても食べる部分がない骨だらけの焼き魚のように、その紙を机の端においた。

「それは――何ですって？」

「最初に言っておくが、あんたに意味が理解できるとは思わない方がいい。それが何なのかいまから話すが、その説明が役に立つとは思わんでくれ」

「でも説明だけはしてみて下さい」

「してみろ、してみろというのか！　わたしは何年も、公案を理解しようとしてきた。だが結果はどうか？　無駄なことに人生を使い果たし、どうしようもない年寄りになっただけだ。ひとつ訊きたいんだが、誰があんたをここに来させたのかね？」

「ナミコという人です」

老人は驚いたようにぼくを見つめた。「ナミコなのか。どこで知り合ったんだ？」

「庭園で出会いました」

「それはもっともなことだ。ナミコは庭師よりも庭園で過ごす時間が長いからな」

「公案というのは――」

「公案というのは、人生を難しくする、悪意に満ちた小さなテクストだ。公案という言葉は、本来は『公《おおやけ》に提示すること』を意味している。いわば、個人的な解釈を許さない最高原理としての、公の記録なのだ。わかるかな？」

「わかります」ぼくはためらいながら答えた。実際は一言もわからなかった。

「バカなことを！　わかることなど何もない！」老人は叫び、平手で机を叩いた。ぼくは見破られたように感じ、何と答えたらいいのかわからなかった。老人はふさふさした白髪をかきむしりながら、このテーマをさらに深く検討する価値があるかどうか考えているようだった。「公案というのは」とうとう彼はうなりながら言った。「禅宗のテクストのことだ。禅の祖師がそれによって弟子たちを苦しめるのだ。あるときにはそれは師と弟子との会話の伝承であり、あるときには長めの物語、またあるときには単なる短い問いだったりもする」

「つまりは、哲学的な謎なのですね」

「謎ではない。どうしてかわかるか？」

「教えて下さいますか」

「答えがないからだ。『片手の声はどう聞く？』というのが公案だ。そんなものに論理で立ち向かっても、思い違いをするだけだ」

彼のまなざしは机の上をさまよったが、公案の書かれた紙を避け、いまだに机の上におかれている自分の手を見つめた。

彼自身、一度も公案を理解できなかったのだろうか？　それならナミコはなぜ、わざわざこの老人の許《もと》にぼくを送ったのだろう？

「公案を、理性で解き明かそうとしてはいけない！　公案はまさに、そのことをあんたに示そうとしているんだ。あんたの理性の限界をね。もう一つ別の公案を書いてあげよう。ひょっとしたら、どうしてこの僧が弟子の鼻を引っ張ったか、理解する助けになるかもしれん」

そうして、老人は紙を引き寄せ、別の公案を書き記した。

「あるとき、偉大な哲学者である陸亘《りくこう》が尋ねた。『ガチョウの雛を瓶に入れ、餌をやるとする。成長したガチョウを殺さずに、瓶を壊すこともなく取り出すにはどうすればよいか?』禅師の南泉《なんせん》が大きく手を打って叫んだ。『陸亘!』陸亘はぎょっとして身を縮めた。『ほら見ろ』と南泉は言った。『これでガチョウは外に出たぞ!』」

まあいいさ、とぼくは考えた。生きているガチョウを瓶から取り出すなんて、まさに理性を問いただすような質問だ——そして、この問いには答えがない。正解はないんだ。

「ガチョウは意識、瓶は身体を表すのだ」と老人は言った。「それではいま、ガチョウと瓶という物語の表層から、離れてみたまえ。この物語は解けないだけでなく、重要でもないのだ。陸亘と南泉がどうしたか、見てごらん!」

「南泉は、陸亘に面と向かって名前を呼びかけました」

「それで?」老人はいきなり、ぼくに向かって全力で叫んだ。ぼくは驚いた動物のように、縮み上がった。言葉を失い、一瞬のあいだ頭のなかも完全に空っぽだった。

啞然とした状態が、理解に道を開いた。老人がぼくに怒鳴った瞬間に、それが起こった。ガチョウが瓶から出たのだ。

「南泉が陸亘を怒鳴りつけました」ぼくは、説明に挑戦した。「そうやって陸亘を思考から引き離し、現実に引き戻したのです。陸亘は自分の問いを忘れ、自分を忘れて、何があるのか、問題は何だったのかを忘れました。ぎょっとしたことで、一瞬のうちに意識が体内から飛びだし、陸亘に現在を感じさせたのです！」

老人は満足そうにうなった。

「では最初の公案に戻ろう」と彼は言った。「師が弟子の鼻を力いっぱい引っ張って言う。『こうやって虚空をつかむのだ！』と。ここでも、答えを当てるのではなく、感じることが重要になっている。突然の、予期せぬ痛みが問題なのだ。理解力や思考力は麻痺させられてしまう。わかるかな？　この瞬間、意識はなくなり、嗅覚も聴覚も、色彩も分析もなくなるのだ。痛みの瞬間に体のなかにあるのは虚空だけだ」

「すごいことですね！」

「空虚になるのは、とりわけ難しいことだ。思考をシャットアウトしなくてはいけないんだから。頭のなかにある、思考の絶え間ない流れを止めようとしたことはあるかね？　片手を打ち合わせたときにどんな音がするか、あんたの脳は教えてくれんだろう。思考の流れが止まれば、ものごとを解明する静寂が訪れる――まるで片手の拍手のように静かな状態がね。公案は、理性では解けんのだよ。虚空を合理的につかもうなどとしてはいかん。必要ならば痛みとともに、虚空を感じたまえ。洞察力を使ってガチョウを瓶から出そうとしてはいかん。考え始めたらあんたの負けだ。公案があんたに勝ってしまう。要は、公案を腹に貯めていくことだ。公案は、あんたがどれほど思考に囚われているかを示し、思考が知覚をどれほど強く妨げるかを教えてくれる。逆説的な公案というのは、そういうところから来ているんだ。実際は解決不能なのに、あんたの頭のなかの思考マシンが動き始め、頼まれもしないのに自動プログラムみたいに文章を分解し始める。一つ一つの文章を細かく刻み、言葉をひっくり返し、論理は使うけれど直感は使わないで、意味を探す。しかし、実存を探ることはしない」

「直感？　実存？」

「直感は偉大なものだ。我々はもう、あまり直感を使わなくなっている。むしろ、考えに耽るふりをするのだ。状況を頭でとらえすぎて、腹でとらえようとはしない。実存をただ認めるかわりに、分析しようとするのだ。これを読んでごらん」老人は何かを書きつけた。

「あるとき、一人の僧が太陽を見上げて道吾《どうご》に尋ねた。『暗くなったら光は光でなくなるのか?』道吾は答えた。『きょうは麦を干すのによい日だ』」

老人は挑むようにぼくを見つめた。ぼくはその紙を見つめ、椅子の上でもじもじと動き始めた。しまいには、途方に暮れて老人の顔を見た。

「道吾は、『考えるな、むしろ考えを止めよ』と言っているのだ。存在せよ! おまえはそこにいる、麦もそこにあり、太陽も——おまえが必要とするものはすべてここにある」

「じゃあ何の文句があるんですか? あなたはこの公案を理解したじゃないですか」

「いいや」老人は首を横に振った。「わたしはたくさんの本を読んでそれを知っただけだ。公案が理性をシャットアウトしようとするものだと、わたしは理解した——しかしこの認識は、頭だけのことだ。人はそれを生き、呼吸し、感じるべきなのだ。世界を腹で感じるべきだとわかってはいるが、それができないのだ。一番大事なのは、ものごとを感じることだ。それからようやく、ものごとの強度が見えてくるのだ」

7

それからの日々、ぼくは定期的にナミコと会っていた。ナミコはぼくを謎めいた料理の出るすばらしいレストランに連れていってくれたり、めったに観光客が来ないような辺鄙《へんぴ》な場所に案内したり、ぼくと一緒に京都の庭園を歩き回ったりした。庭園では、ぼくたちはよく石や段の上に座って、木々が生い茂る風景のなかを見つめ、その庭園の秘密を探り出そうとした。

京都市の北東部の丘陵に森があり、その木々が吉田神社を観光客の目から隠していた。寡黙な建物と、壊れかけた小さな木造の家々がある、すばらしく神秘的な神道の聖地だ。丘陵をもう少し上っていくと、半ば自然のままの、それでも愛情を込めて手入れされた小さな庭園があり、「茂庵《もあん》」というカフェに行き着く。「茂庵」は黒っぽい木造の建物で、ナミコとぼくはときおりそこに座り、京都市を見渡す眺めを楽しんだ。

「このカフェが六時閉店でなければ、暗くなるまでここにいて、日本語で言う『夜景』を楽しめるのにね」ナミコは言った。

「ドイツ語だとなんて言えばいいのかな?」

「あなたの言葉には、『夜景』っていう単語はないわ。そういうことはよくあるものよ。ある言語では一つの言葉について延々と説明しなくてはいけないのに、別の言語ならたった一つの単語で済む、ということが。そして、その単語の背後にある物語がひとりでに明らかになるの。夜景というのは、暗くなったときに遠くから見る街の灯の眺めよ」

ナミコは緑茶を一口飲んだ。「どんどん連想が膨らんでいくこうした言葉について、たくさんの本が書かれているわ。たとえば辞書では単に『エレガント』と訳されている、『粋《いき》』という言葉について。でも、一枚の着物を『粋』と言うとき、それはエレガント以上の、たくさんのことを意味している。粋をめぐる思考には、古い侍の時代の、ある種の崇高な無関心や洗練、控えめなエロスや艶《なま》めかしさなどが共鳴し合っているの。日本の美学者の一人は、粋の思想のなかに、いまを生きている者の息づかい、ちょうど風呂から上がって着物を着たばかりの女性のような息づかいを感じている。呼吸を示す単語も『いき』と発音されるのは、そのせいかもしれない」

「それはいいね」

「日本語には、本来はとても複雑な雰囲気や状況を描写する単語がたくさんあるのよ。たとえば雲と雲のあいだを示す「雲間」とか、寝ている場所から波の音を聞けるような状況を示す「波枕」とか」

「二、三日、海に行けたらいいな」ぼくは思わず言った。するとナミコは、本州からはずっと離れた南方にあり、沖縄の八重山諸島に属する石垣という小さな島のことを話した。そこはとても暑くて、マングローブの林があり、椰子の木と白い砂浜がある。熱帯なのだという。

「熱帯？」とぼくは尋ね、自分とナミコが裸足になり、砂浜でズボンの裾をからげて椰子の木のあいだを海に向かって走る姿を思い浮かべた。波がぼくたちに向かってこようとしている。そして、カモメが鋭い声で鳴きながら、ぼくたちの頭上を飛んでいる。

　恋をしているときには、どんな言語にだって、ふいに物語全体を包含してしまうような言葉があるはずだ。

「石垣に行ってみようよ」ぼくは提案した。

8

ナミコはぼくの提案を言葉通りに受けとめ、石垣行きの航空チケットを二枚手配してくれた。飛行機は二日後の午前十一時に大阪の空港から出発する予定だった。ナミコの父親は、ぼくたちを京都駅に迎えに来て、隣の大阪まで車で連れていってやろうと提案してくれた。

「おはよう」京都の駅前で、大きなリュックサックの上に座ってサクランボを食べていたナミコが言った。「サプライズがありそうな、いいお天気ね」ナミコは頭上の青空を指さした。

ぼくはもちろん、これから行く島に関してナミコがそう言っていると思ったのだが、それは間違いだった。そもそも大阪の空港に着くまでに二つもサプライズを経験することになるとは、予想もしていなかった。というわけで、ぼくはそれ以上何も訊かずに鞄を下ろしてしゃがみ、ナミコが差し出してくれるサクランボを食べていた。ナミコは花壇の横に座っていたのだが、こっそり口から手のひらにサクランボの種を出しては、丁寧に土に埋めていた。

そうやって、小さな種が大きな木になるチャンスを与えてやろうとしていたのだ。

「あ、来た。出発よ」突然ナミコが声をあげ、親しげに肘でぼくの脇腹をつつくと、残ったサクランボをリュックの脇ポケットに入れて、ぱっと立ち上がった。トヨタの古い車が駅前広場に進入してきて、ぼくたちのすぐ前で止まった。ぼくはそれ以上車のことは気にせず、ナミコのお父さんに会う際の気後《きおく》れを隠すために、鞄をしっかりとつかんだ。娘が外国人と二、三日熱帯の島に行き、同じ宿に泊まるとしたら、お父さんがどんな気持ちになるか、予想もつかないからだ。日本語が一言もできないのに相手にいい印象を与えるのは難しいだろう。ぼくが立ち上がったとき、ナミコのお父さんはもう車から降りていた。お父さんが車のトランクを開け、ナミコは勢いよく自分のリュックをなかに投げ込んだが、そのあいだもうきうきした様子で日本語で話をしていた。ぼくの方は、言葉が出てこなくなっていた。

というのも、この男性には一度会ったことがあったからだ。

「おはよう」と彼は言って、丸い眼鏡の端からぼくを見つめ、ほほえみながらぼくの鞄と、開いたトランクを指さした。ぼくは彼の方に歩いていった。ナミコはぼくの脇をくぐり抜け、後部座席に姿を消した。

「またお会いできて嬉しいよ。鞄はそこに入れなさい。元気かね？　さあどうぞ、後ろで娘の隣に座ってください」

彼がトランクのドアを閉めているあいだに、ぼくはナミコの隣に座った。でも、お父さんがすぐに運転席に座ってしまったので、ナミコに文句を言う暇はなかった。

「公案の方は進歩したかね？」お父さんはおもしろそうに尋ね、エンジンをかけるとバックミラーを見つめた。

「まだ考えている最中です」ぼくはにやりと笑った。「ときにはかなり時間が経ってから、光が灯るものですよね」

ナミコが目で笑い、何かを日本語で言った。するとお父さんは大きな笑い声をあげた。

「気にしないで」と、お父さんがぼくの方を向いて言った。「この子は、わたしのこともからかったんだ。わたしがナミコの父親だということを、あんたはあのときに承知の上だと思っていたんだよ」

「ごめんなさいね」とナミコが言った。「あなたたち二人が会って公案の話をしているうちに、きっとそのことに気づくだろうと思ったのよ」

車が走り出し、ぼくはほっとした。少なくとも、彼女のお父さんと初めて会ったときに恥じらうことなく近づけたのはいいことだった。いま、まったく知らない人と向き合って座っているわけではないのだ。

「日本の美しい庭園や植物について、記事を書きたいそうだね？」お父さんが質問し、高速道路の料金所をくぐり抜けてトヨタを走らせた。

「ナミコさんと知り合ってからは、むしろ本を一冊書くべきではないかと考えています」とぼくは答え、ナミコに目配せすると、ドイツ語で付け加えた。「ひょっとしたら生き物のなかで一番珍しい、きみという人間についても一冊書くかもしれないよ」

「石垣から戻ったら、ぜひうちに先祖代々から伝わる庭園でお会いしよう。『月のため息』という名の庭園なんだ。あと何日かしたら、数人の客を招いて、ちょっとした魔術的な催しを行うことになっている。よかったらあんたも来るといい」

「ええ、それはとてもおもしろそうですね」

「あの庭はきっと気に入ると思うよ。人生の道を表すような小道があって、小さな森を抜けると、まんなかに島のある、魅力的な小さな池があるんだ」

ぼくは驚いてナミコに目を向けたが、ナミコは文句のつけようがない天使の無邪気さで窓の外を眺めており、鼻から短く息を吐いただけだった。

「ほんとうに、サプライズがいろいろある日だなあ」ぼくはにやりと笑った。

9

「どうして、わざわざ自分の家の庭園に侵入したりしたんだい？」飛行機に乗り込んだとき、ぼくはナミコに尋ねた。

「気に入らなかった？」ナミコは答えると、和解のためというように、サクランボの残りが入った袋を掲げた。

「いや、とても気に入ったよ。でも、きみの家の庭だって、一度も言わなかったのはなぜ？」

「その方がずっとドキドキするんじゃない？　どの世界に入り込んでいるのか、誰が規則を決めるのか、どんな規則があって、誰がすぐそばの木の背後から飛び出してくるか、よくわからない方が」ナミコは笑った。「そうすれば、あなたの空想は限りなく広がっていくわ。知らないことがある場所では、哲学をするのも一番楽なのよ。みんなは、知識が人間を発展させたと言うけれど――」

ナミコはここで、考えこむような間を挟み、指で鼻の頭をこすった。

「実際には無知こそが、人間を発展させたのかもしれない」と彼女は言った。

「いずれにしても、あの事件は強い刺激になったよ」

「わたしたちが最初に出会った銀閣寺の庭園を覚えている？　あそこには、砂でできた二つの奇妙な形があったでしょ。一つは熊手で筋をつけた平らな平面。もう一つは頂上のない円錐形のつるつるした山。あの形がいつごろできたのか、はっきりしたことはわからないし、何を意味しているのかもわからない。ひょっとしたら寺を建てているあいだに、余った砂があそこに積み上げられて、ときが経つうちに一つの形ができたのかもしれない。たとえば京都の北部にある大仙院の方丈は、そうやってできたらしいのよ。銀閣寺の庭園にあるあの形が何と呼ばれているか知ってる？」

「いいや。何ていうの？」

「銀沙灘《ぎんしゃだん》と向月台《こうげつだい》よ」

「ロマンティックだね。でもどうしてその名がついたんだろう？」

「わからないわ。答えがないところがいいと思う。答えがなければ、自分の直感に従っていけるもの。ここでは無知の冒険が重要なのよ」

「訊きたいんだけど——ぼくたちがいま向かってる島も、たまたまきみの家族のものだったりしないの？」

「石垣島全体が？　違うわ、心配ご無用よ。でも正直に言うと、石垣でもちょっとしたサプライズがあなたを待っているはずよ」

「それは何？」

「きっと気に入ると思うわ」

「そのことを訊いてるんじゃないよ」ぼくは警官が人を取り調べる際の厳しい口調で言った。

「わたしはときどき、訊かれてないことでも話したりするでしょ」ナミコが笑った。「信じてちょうだい。事情に通じていない人の目が、ある瞬間に突然開かれるの。未知のものの呼び声に従ってきて、後悔はしていないでしょ？」

10

ナミコは秘密が好きだった。そしてぼくは、ナミコが好きだった。彼女が秘密を愛していたから。この場合の秘密というのは、かつてぼくと暮らしていたエヴァがしていたように、彼女がぼくから隠しているものを指すのではなかった。ナミコにとっては、秘密というのはまったく別のものだった。ナミコにとっての秘密とは、他の人をある種のやり方で引き込み、最初は視野を遮るものだったが、その後、その人はより集中的に、秘密そのもののなかに潜入することになるのだった。徐々に開けてくる公案の世界のように、あるいは、実は侵入を意味しない庭園への侵入のように。

それは、ぼくたちが「はっきりとした日々」と呼んだ日々だった。ナミコは朝食のあと、突然ぼくの後ろに立ち、両手でぼくの目を隠した。

「どんな気持ち?」と彼女は尋ね、くすくす笑った。

「これまでのところは上々だよ」とぼくは言った。

「それならよかった。じゃあ、この状態をもう少し受け入れてもらえるわね」ナミコは笑って、ぼくの顔から両手を外し、スカーフでぼくに目隠しした。

「さあ、出発しましょう！」と彼女が言うのが聞こえた。

どうやらナミコはこっそりレンタカーを用意していたようだ。ドライブのあいだ、ぼくは何も見られなかった。だが音を聞き、匂いを嗅いで感じることができた。目的地は海だな、とぼくは見当をつけた。そこでは世界が固体から液体になり、固い地面が柔らかくなる。聞こえる音は静かになり、酸っぱかった空気の味が塩辛くなる。

「何を計画しているの？」ぼくは尋ね、彼女の肩につかまりながら、砂の上を歩いた。

「もうちょっと待ってて」彼女は言った。

ぼくの足の下で、砂はいつのまにか岩になった。ぼくたちが立ち止まり、ナミコが目隠しを外してくれるまでに、ぼくは何度かつまずいた。

ぼくの目の前では、打ち寄せる波が岩に当たって砕け、何千ものしぶきが空中に飛び散ってから地面に吹き飛ばされていた。岩は湿って太陽の光に輝き、海のしぶきは熱気のなかでたちまち消えてしまった。すると、また次の波が岩に押し寄せ、泡だらけのしぶきを飛ばすのだった。

　砕け散る波のなかに、灯台が建っていた。真っ白に輝き、陸地を舐め回す海に抵抗している。いきなり灯台の前に立ったときの印象は、灯台に向かって歩きながらそれがだんだん大きくなってくるのを見るのとは全然違っていた。ぼくは、庭園の敷石が不規則に並べられていて、歩くときに地面から目が離せなかったことを思い出した。少し大きな石の上に立ち止まって目を上げると、その場の風景に不意打ちを食らうことになる。それはまるで、ずっと目隠しされていたようなものだ。

「こっちよ」とナミコが言うと、ポケットから鍵を取り出して灯台に向かった。

「どこで鍵を手に入れたんだい？」ぼくは不審に思って尋ねた。ぼくたちが京都の庭園から大急ぎで逃げ出したことを思い出したのだ。

「市の当局から借り出せるのよ」ナミコは言うと、すでに入り口のドアを開き、灯台に入っていった。「もちろん、そのためにはものすごくセンチメンタルな話をしなくちゃいけないけどね。家族からものすごく愛されていて、いまは残念ながら死んでしまったおじさんが、ここの灯台守だったことがあるとかないとか」

　一段一段、ぼくたちは上に登っていった。金属製の階段は、ぼくたちの足の下できゅうきゅう音を立てたが、それはまるで、こんなに長い時間が経ってから突然誰かがまたそこを上がっていくことに対して、文句を言っているかのようだった。

一番上に着くと、ナミコは一つのドアを開けた。ぼくたちは外に出た。

ぼくたちは灯台の先端をぐるりと囲んでいる、一種のベランダの上に立っていた。そこからは、海が遠くまで見渡せた。ナミコは胸の高さまである手すりにもたれ、ぼくは彼女の後ろに立って、両手を彼女の体に回し、遠くを見つめていた。彼女は頭をぼくの肩にもたせかけ、両手をぼくの手のなかに滑り込ませた。ナミコの髪は、何かを手探りするように、風にはためいていた。目隠しをされた男の腕のように。

「俯瞰美よね」ナミコが大きな声で言い、足下の水面を指さした。鳥の視点で開けてくる美しさだ。

ぼくたちの前の手すりには、ある文字が刻み込まれ、くっきりと浮かび上がっていた。

火

「これは何?」ぼくは尋ねた。

「漢字よ」ナミコは言った。「火、というの」

「火？」

「初期の灯台は、火で明かりを灯していたのよ」

どうやらその仕事をしていたのは女たちのようだ。いつ、女たちが浜辺に立って海を眺めるようになったのか、誰にもわからない。女たちは、貪欲な海が彼女らの夫たちを外海で飲み込んだりしていないようにと祈った。女たちは夫や息子の帰りを待っていた。

あるとき、女たちは海中に突出した岩の上や、丘の上で火を燃やすことを思いついた。燃える火は、戻ってくる男たちを安全に湾に導くことになるだろうと考えたのだ。女たちは薪を積み上げ、炎を風から守った。それから、髪を風にはためかせて、いまのナミコとぼくのように海を眺めた。暗闇のなかから待ち焦がれた船の姿が見えてくるのではないかという期待に満ちて。

ついに夜が明けて、焚き火は燃え尽きる。しかし船は戻ってこない。それでも次の夜、そしてその次の夜も、火は燃やされるのだ、待ち焦がれる恋人たちに点火されて。真っ暗な海岸の、寄る辺のないたった一つの光が、暗闇のなかに輝きを流し込んでいく。ひょっとしたらそんな夜のどれかに、「希望の光」という言葉が生まれたのかもしれない。

何百年も後に、ナミコとぼくがその場所に立ち、海を見渡している。そして、たった一つの文字が、コンピューターで操作される灯台がまだなかった時代、国の海難救助や、衛星によるナビゲーション、命を救ってくれる通信システムなどがなかった時代のことを思い起こさせたのだ。

あの当時、自然は小さな波や小さな突風、にわか雨などによって人間の命を奪うことができた。人間は自然の力になすすべもなく引きずり込まれ、土石流に埋まったり、竜巻に飛ばされたり、波の上であちこちに投げ出されたりした。自分と何千メートルもの深さの海とのあいだには、滑稽なほどみすぼらしい木の板が二、三枚あるきりで、その板もすでにぎしぎしと音を立てて自らの存在の危うさを訴えているのだ。女たちが物言わぬ水平線の虚無に目を凝らし、小さな藁を投げ込んでは希望の光を養っているころ、外海では髭を生やした半裸の男たちが船板の上に乗り出して大声で指示を出し合い、怪我をした脛を布で縛って、ロープや帆を引っ張っている。海水を飲み、海辺に佇んでいる女たちのことを考えるが、おそらくはもう再会できないだろう。文字が書ける者がいれば、いくつかの言葉を古紙に書きつけて瓶に封印するだろうが、船が沈没すれば、それを見出す人間ももはやいない。男たちの誰一人、生き延びることはできないだろう。というのも、当時、船乗りたちは泳ぎを学ばなかったからだ。泳ぎは男たちの苦しみを意味もなく引き延ばすだけだったから。男たちはあらゆることを自分のため、その時代のためにやってのけたが、それはぼくたちのためでもあったのだ。

「火という文字は」と、ナミコがぼくのタイムスリップを遮って言った。「いまの日本語の、灯台という言葉のなかにも含まれているのよ。この文字は、キャンプファイアーの形をしているの。見える？」

たしかに、右から左から炎を上げる火を、ぼくはその文字のなかに見ることができた。

11

ぼくたちは灯台の階段を下り、濡れた足で砂の上を歩いて海に近づいていった。波が砂浜を洗い、人々は犬を散歩させたり、陸と海の曖昧な境界線を、どちらとも決めかねるかのようにに歩いたりしていた。

ぼくたちはやがて地面に腰を下ろし、永遠に到達できなさそうな水平線を眺めた。

「漢字はとてもおもしろいのよ」ナミコがまた話をつなげた。「たとえばこの字」彼女はすばやい動きで、いくつかの線を砂のなかに引いた。

私

「この字は、わたしという意味なの」彼女は言った。「興味深いのは、この字が稲を表す記号と、鼻を暗示する部分から成り立っていることよ」

「どうして？」

「この字は、わたしという意味だけではなく、『私的』『私有』といった意味もあるのよ。昔は、農民たちは収穫物を、自分たちが必要とする分だけを除いて領主に収めていたわ。アジアの人々が『わたし』と言うとき、胸ではなく、自分の鼻の頭を指す。この字は、いわば自分の財産を表しているのよ」

「なるほど。いまでも使われている一つ一つの漢字の背後に、そんな古い物語が潜んでいるなんて、驚きだね」

「よくあることよ。『名』という漢字には、夕方を表すシンボルが潜んでいる。三日月を文字化したものよ」

夕

「そして、『口』を表す部分もある」

「この二つを合わせると、こうなるの」

口

名

「この字の背後には、昔、まだ世の中が物騒だったころ、夕刻に向こうから歩いてくる人の顔が見分けられないので、路上で自分たちの名前を大声で叫び合った、という話があるの。だから夕方に口がついてるのよ。口というシンボルはしょっちゅう漢字についているんだけど、昔はまだ消費や娯楽などはなくて、もっとも基本的なことだけが問題だったからよ。つまり、どうやってお腹を満たすか、ということ。これを見て」

富

「豊かさを表すこの漢字は、人間がもともと、何を富と見なしていたかを示しているわ。自分が好きで、生きることが好きだったら、いまでも同じような考えができるでしょうね。この文字には、屋根があるでしょ」

宀

「その下に一本の線がある」

「これは、家のなかに家族が大勢いることを示しているの。その下にはまた『口』があり、それから『田んぼ』を表す漢字がある」

田

「豊かさというのは、家族が大勢いる家で、誰もが充分食べることができ、自分たちの田んぼを持っているということなのよ」

「単純なことなんだね」

「いまを生きるわたしたちも、こうした基本的なことがらを楽しんで、生活の質として認めることを自覚できそうね」とナミコは言い、もう一つの漢字を砂の上に書いた。

和

「また、『口』が含まれているでしょ。左側に稲を表す記号がある。稲と口を一つに合わせると、『調和』や『平和』を意味する漢字になるの」

「調和というのは、みんなが充分に食べるものを持っている状態なんだね」

「現代において、人と人との関係をつなぎ合わせるのに、こうした基本的なことを知っているだけで足りるかしら?」ナミコは考えこみ、指で鼻の頭をこすった。

「今日では、ほかのことを重要と見なしたりするものだよ。たとえば、誰もが行動の自由を持っていて、他人から制限されないというようなことをね」ぼくは皮肉っぽく言い、砂漠のなかのエヴァのことを考えた。

「行動の自由はいいものだと思うわ」ナミコは答えた。「ただ、限界をわきまえて、自分を信じることができなくちゃね。見て」

信

「『信頼する』という漢字には、『口』の上に『文』を意味する四本の線がある。口と文で『言う』という意味になるの。左には一人の人が立っている。一人の人が言うことを、信頼できるという意味なのよ」

「その漢字は、きっとものすごく古いに違いないね」ぼくはほほえみ、ナミコの方は早くも次の線を地面に書きつけていた。

買

「これは何？」

「『買う』という意味よ」ナミコは言った。「ここでも、過去の記号を見つけることができるわ。貝の上に広がった漁網《ぎょもう》よ。かつて本州では、漁業が経済を動かしていたことを思い出させるわ」

「でもこの漢字は、中国で発明されたんだろう?」

「そのとおりよ。日本人はそれを盗んできたの。でも漢字はとっくに、わたしたちの思考のなかの重要な要素になっているし、わたしたちは日本の過去にもそれを当てはめているの。だって、紀元四世紀ごろからもう漢字を使っているんですもの。過去の名残《なごり》をとどめている漢字をほかにも知りたい?」

「知りたくてうずうずしてるよ」

「これは、『駅』を表す漢字よ。この漢字を見れば、自分でもわかると思うわ」ナミコはまた棒を拾い上げ、地面に漢字を書いた。

駅

「うーむ」とぼくは言った。「まさに駅みたいに見えるね」

「昔のことを考えてよ!」ナミコはぼくに迫った。「まだ鉄道がない時代のことよ」

「馬車があった？」

「そうよ！　この字の左側を見てちょうだい」

馬

「これが馬？」

「よく見てみて。もちろん抽象化されてはいるけどね。でも長い鬣《たてがみ》と、尻尾と四本の足が見えるでしょ。この漢字一つだけだったら、実際に『馬』を表すのよ」

「絵文字みたいだね！」ぼくは叫んだ。

「そうね、中国であの当時発明された最初の漢字は、見たものをそのまま表す言葉どおりの絵文字だったのよ。たとえば田んぼとか、稲とかね。そうした象形文字みたいな漢字も、まだたくさん使われているのよ。でもそれについて話すのはあとにするわ」ナミコは笑い、ぼくを砂のなかに押し込んだ。

「きょうは、あなたにまだ別のものを見せたいの」ナミコは言うと、立ち上がって歩き出した。ぼくは砂を洋服から払い落とし、砂浜が巨大な岩壁にぶつかっているところまで、あとについていった。ナミコは早くも岩によじ登り始めていた。ずっと上の方に、岩壁に開いている暗い穴が見えた。ナミコはカモシカのようにすばしこく洞窟に向かって登っていき、穴の入り口に立った。両手を叩き、痺れを切らせるように足で地面をとんとんと叩いて、ぼくを挑戦的に見下ろしている。

好奇心に満たされながら、ぼくも登っていった。

12

洞窟の奥に行けば行くほどあたりは暗くなってきたが、ナミコはしっかりと前に歩を進めていた。最初のカーブを回ると光は完全に消えてしまった。しかし、そうやって両目が突然役に立たなくなると、周辺のさまざまな小さな音が、よりはっきりと耳に届くようになった。ナミコのゆっくりした足音が、ぼくのすぐ前に聞こえた。靴の下で、目の粗い小石がきしむ音がした。パキパキいう音、足を引きずったり、つまずいたり、咳払いする音が、暗闇のなかで反響していた。洞窟の石壁に近づきすぎると肩が擦れたし、ぼくの上着が擦れ合う奇妙な音も、方向を修正するのに役立った。

「何をしてるのか、わかってるのかい？」ぼくの声が不自然に大きく壁に反響し、音響の鬼火のようにあちこち飛び回ってから次第に消えていった。

「わたしを信じて」とだけナミコはささやき、その瞬間にぼくは彼女にぶつかって、彼女の背中をぼくの胸に、彼女の髪をぼくの頬に感じた。

「おっとっと」ぼくは小声で言って、困ったように笑ったが、ナミコはもう前に歩き出していた。ぼくの耳が足音に慣れてきたころ、別の物音が聞こえてきた。ナミコの洋服は静かな衣ずれの音を立て、彼女の呼吸は規則的で、まるで体内のメトロノームの音を聞いているようだった。正体不明のぶんぶんという音が空中に漂っていた。まるで、分子が互いに擦れ合っているか、風が岩肌を撫でていくような音だ——それは、単なる聞き違いなのか実際に聞こえているのか、確信が持てないような音だった。パンにバターを塗るときの音、前庭の雪が解けていく音、炊いたご飯をおにぎりにするときの音。音のない音。片手で拍手したときのように。

ぼくの心臓は高鳴り始め、小川のような音を立てて血が血管を流れていった。ぼくの体の内部で、生命の火花がぱちぱちと音を立てるのが聞こえた。神経には電気の衝動が走った。まぶたを開け閉めするだけで、カメラのシャッターのように音が響いた。

ぼくは、自分が存在する音を聞いた。

湿った匂いがした。手で壁にさわると、冷たい滴《しずく》を肌に感じた。ときおり小さな平たい水たまりに足を踏み入れた。ぼくの唯一の手がかりは、ナミコが立てる物音と、ぼく自身を驚かせた新しい感覚だった。ぼくは、壁に触れる前に、壁が近くにあることを感じられるようになっていた。

しまいにぼくたちは、また手探りでカーブを曲がり、そのあとは急にまた明るくなった。ぎらぎらした光のなかに、ナミコのシルエットがはさみで切り取ったみたいにくっきりと浮かび上がった。

ぼくたちはまばたきしながら、日光に向かって歩いていった。

ぼくたちは岩壁の窪みにいた。海からはかなりの高さで、ぼくたちが立っている場所から数メートル先で地面は絶壁になっていた。二、三羽のカモメがうたた寝から目を覚まし、ぼくたちの方をうろたえたように眺めている。それから千鳥足で崖の方に数歩歩くと、文句を言うように鳴きながら風に乗ってすうっと落ちていき、飛び去ってしまった。ここからだと、海や浜のずっと先、息を飲むほど遠くまで眺めることができた。黒い水の塊が物憂げに上下している。波はゆっくりと岸に押し寄せ、ぼくたちの足下で岩にぶつかっていた。海にはどこか現実離れしたところがあった。まるで巨大な、腹を空かせた黒い穴のようで、そこに入ってしまった者は二度と出てこられないように思えた。下の浜辺には、何人か人間がいるのが見えた。彼らは浅瀬で貝を探したり、砂浜に座ってピクニックをしたりしていた。

ぼくたちは地面に腰を下ろし、ナミコはぼくにもたれた。ぼくは頭を少し傾けて彼女の頭に触れるようにし、ぼくたちはその姿勢のまま、話もせず、ほとんど動くこともなく、ずっと座っていた。友情と愛情の入り混じった深い気持ちがぼくのなかを流れていった。これからの人生において、ナミコがぼくのそばにいてくれたらどんなにすばらしいだろう。いつもお互いのためにそこにいて、考えを分かち合えるとしたら。

別の光景がぼくの頭に浮かんだ。ドイツにいる上司だ。彼は、深みのある文章よりも、有名人についての表面的なレポートの方を好んでいた。雑誌の記事では、自分が誇りに思うような書き方はなかなかさせてもらえないものだ。だが、一方ではいい光景も浮かんだ。ぼくの肩を叩いて励ましてくれた友人たち。わくわくするようなテーマを追いかけていたときの、数々の写真。ハンブルクにある、ぼくのお気に入りのカフェ。そこには才能溢れるミュージシャンのトムがいる。パイプを吸ってコニャックを飲んでいるクリス。年は取っても元気一杯のエッダは、よく隅のテーブルに座って、ぼくたちに若いころの歌を歌ってくれる。それからインゲ。彼女は国中を旅しながら、その合間にはいつもカフェにやってくる。スーパーマーケットで働いているカトリンは、仕事のあとで毎日カフェに来て、夜のメニューで軽食として出されている、カルダモンとナツメヤシの入ったヨルダン風のライスを注文する。それからもちろん、カフェのオーナーであるサリーのことも忘れてはいけない。彼女はぼくが落ち込んだとき、どれくらい傷つき苦しんでいるかという打ち明け話を何度も聞いてくれた。ひょっとしたらそれはもともと、カフェのオーナーの仕事の一部なのかもしれないけれど。

ぼくはまた、ハンブルクにある自分のアパートや車、蔵書のことを考えた。ぼくの小さな庭、ベッド、バスタブ。フィッシュマルクトにあるお気に入りのレストラン、港の船着き場、行きつけのスーパーマーケット。それらすべてが、とても遠いところにあった。

ナミコからとても遠くに。

ぼくは小さなため息をついた。ナミコはぼくを、肩で軽くつついた。ぼくたちの視線は、海と空の境界線のあたりのどこかをさまよっていた。世界の境界線は実のところどれくらいはっきりしているのだろう、という疑問がぼくの頭をよぎった。ひょっとしたらその瞬間、ぼくは最初の公案を思いついていたのかもしれない。

「きみには感動するよ」とぼくは言った。

ナミコはまた頭をぼくの肩にもたせかけた。彼女がうなずいているのがわかった。それからぼくたちは黙って座っていた。ときおり数羽のカモメがそばまで飛んできて、ぼくたちの周りを旋回した。やがて目に見えない手が、ゆっくりと太陽を海のなかに引っ張り始めた。

太陽は水平線に沈み、光が溢れだして海を赤や黄色に染めた。海辺には人がいなくなった。ナミコは体を起こすと、リュックサックをかき回して一本のろうそくとライターを取り出した。

ライター?

「どうしてこれを洞窟のなかで使わなかったんだい?」ぼくは呆れて尋ねた。

「なぜ?」ナミコは言って、穏やかにほほえんだ。「あなたは、耳で見ることはできないの?」

彼女はライターで火をつけた。ろうそくの光が、風のなかで震えた。

13

ぼくにはわからない。

ほんとうに重要なのは物質的なことがらではないのだ、と人々はいつも言っている。そしてもちろん、ぼくは常に卑屈なまでに、この主張を受け売りしてきた。何でも持っている人間にとって、そう言うのはたやすいことだ。少なくともぼくはこれまで、ホームレスが「金はそんなに重要ではない」と言うのを聞いたことはない。

しかし、故郷から長く離れれば離れるほど、ぼくは切実に、物質的なことがらも重要でないわけではないのだ、と認めずにはいられなかった。というのも、ときには気持ちに形を与えたものが、一つの物質となるからだ。

はっきり言って、ぼくは自分の蔵書に惚れ込んでいた。そして、自分の本から離れている時間が長くなればなるほど、それらの本が特別な種類の物質であることを理解せずにはいられなかった。ハンブルクのある場所で、本棚にぎっしり、夢や人生計画、対話、陰謀、破綻した逃亡計画、告白や説経、腹立ち紛れの長広舌、モザイク画、悲観論、思い込み、料理のアイデア、知的な思考、悲しい体験、人生のカリカチュア、わくわくするような旅行などが並んでいた——ヴィクトル・ユゴーやオスカー・ワイルド、フョードル・ドストエフスキーなどの巨匠たちが、もうずっと昔に、現代のヨースタイン・ゴルデルや、ラフィク・シャミ、パウロ・コエーリョ、アントニオ・スカルメタたちと同じことをしていた——考えを解き放ち、物語を自由に進ませるのだ。ときには本全体において、ときには金言や警句を収めた本の一六九ページに潜ませた、たった一つの磨き込んだ文章において。一つの小説が偉大だということは、必ずしもその小説のボリュームが大きいことを意味しない。

いずれにしても、ドストエフスキーやワイルドやコエーリョはぼくのために大変な努力をしてくれたのだ。ヘミングウェイが死ぬほど酒を飲んだのもぼくのせいだし、メルヴィルはぼくのために巨大な鯨を殺し、批評家たちからこてんぱんにやっつけられた。ジャック・ロンドンは、本に対するぼくの飢え渇きが彼を絶望に追いやったために自殺し、ハインリヒ・マンは、ぼくが後に彼の本が読めるように、亡命してくれたのだ。シェイクスピアは、ぼくが気晴らしできるように無数の人々を、とりわけ国王や支配者たちを滅ぼした。一番大きな犠牲を払ったのはアーサー・ミラーかもしれない。自分の詩神《ミューズ》を得、それによってぼくが彼の戯曲を手に入れられるように、彼はマリリン・モンローと結婚したのだ（もちろん善良な意志でそうしたのだけれど、また本が出版できるようになったのは詩神が彼のもとを去ってからだった）。いま、彼らの物語は人気《ひとけ》のないハンブルクのアパートに並んでいる。これらの宝物にときおり目をやり、その価値を本の価格ではなく、その本についての気持ちの中身で測ろうとする人間は、そこにはいない。祖母の古い装飾品をぼくたちが貴重だと思う場合も、価格のゆえではない。その装飾品に触れてきたたくさんの人々のことを思い、その装飾品を身につけることで魔術的な意味がもたらされた、さまざまな状況を想起するからこそなのだ。ぼくたちがあるものについて、それは愛しくてかけがえがないと言う場合の、まさにそのような意味での「貴重」なのだ。

何かを金で手に入れたからといって、それを愛せないわけではない。たとえばぼくのスクーターだ。夏、ぼくはスクーターでハンブルクを駆け回るのが、楽しくてたまらなかった。ときにはカフェのオーナーのサリーを後ろに乗せた。道路を走り回りながら、同じ動き、同じ衝動に身を委ねていた。これも、友情を示す方法の一つだ。

ぼくは本棚の上におかれた、乾いたひまわりの花のことを考えた。あの花びらはとっくに萎《しお》れてしまったけれど、恋愛とはまた違う、すばらしい愛情のことをぼくに思い出させてくれる。乾いた植物に過ぎないが、そのなかには何か月もの希望や待機、絶望の記憶が潜んでいるのだ。ぼくは、ある日サリーがお守りとしてぼくにくれた、よく磨いた石のことを思い出した。それ以来、その石はアクセサリーとしてぼくのスクーターの鍵にぶら下がっている。ぼくはけっして迷信深い人間ではないものの、スクーターに乗っていてこれまでに一度も事故に巻き込まれなかったのはこの石のおかげかもしれない、と想像するのは好きだ。

物体は、記憶を保存する。日本に来て、洋服を入れたスーツケース以外のものを持っていなかったぼくは、そのことに気づいた。もし日本にとどまるとしたら、そして、すべてを一枚のカード、帰国するための航空チケットではない、一種のジョーカーに、賭けてしまうとしたら。カードゲームでは、ジョーカーは任意の他のカードの代わりになる。もしナミコがこのジョーカーだとしたら、ナミコはぼくが手に入れて愛していたたくさんのものの代わりをしなければならない。

ぼくのソファは年代物で、「ミスター・マッソー」という名前だった。ウォルター・マッソー（アメリカの映画俳優、一九二〇～二〇〇〇年）と同じような、好感の持てる古い趣があったからだ。ぼくは「ミスター・マッソー」の上で、のんびりとテレビを見てたくさんの夜を過ごし、気分転換させてもらった。友人たちを招いて、騒がしいワインパーティーをしたこともあった。ソファーには長い年月のあいだに赤ワインの染みができ、引っ掻き傷もできた。だからこそぼくはますます、ソファーを愛するようになった。ちょうど年取ったダックスフントが足を引きずるようになって、飼い主にとってはますます愛しく思えるのと似たようなものだ。「ミスター・マッソー」は足が短すぎて、ちょっと体を動かすたびにがたがた揺れた。

ひょっとしたら一人の人間を形作るのも、そうしたものなのかもしれない。体とそのなかの精神や魂だけではない。遺伝子だけでもないし、感情や記憶だけでもない。一人の人間は、周りの環境からも成り立っているのかもしれない。人間の周りにある環境は、その人のなかに深く潜んでもいるのだ。ひょっとしたら「ミスター・マッソー」はぼく自身かもしれず、蔵書やスクーターもぼくの一部なのかもしれない。こうしたものすべてと人間を合わせたものが一つの総体をなしているために、引き離すと痛みが生じ、その人を何か不完全なものにしてしまうのかもしれない。そのせいで、もといた環境から引き離された人間は、自分が破片になったように感じるのだ。

京都に到着してからおよそ二週間後、こんな考えがぼくのなかに忍び込んできた。一つの国がどんなに美しくても、生まれ育った国の代わりにはならないのかもしれない。蔵書が自分を故郷に引き戻すという考えは、本なんていつでも新しく買えるさ、という考えに比べたら、ずっと非物質的なのかもしれない。

ぼくにはわからない。

物たちも、ささやくことができるのかもしれない。

14

石垣島から大阪に帰る飛行機のなかで、ぼくたちはナミコのお父さんに、彼の庭園をすでに見てしまったことは言わないでおこう、と話し合った。そんなわけで、お父さんがまた空港でぼくたちを出迎えてくれて車で京都に戻る際に、今晩遅くにうちの庭で魔法のようなイベントがあるから来なさい、と招待してくれたときも、ぼくたちは無邪気に振る舞った。そのイベントでは何がぼくたちを待ち受けているのか、ナミコは教えてくれなかった。

夜になり、ぼくたちは庭園の門の前に立った。竹を編んだ門扉《もんぴ》が、謎めいた満月の光のなかで輝いていた。その背後ではすべてが穏やかに安らっているように見えた。ナミコはためらいながら、門を開けるために手を伸ばした。彼女が庭に入ろうとしたとき、ぼくは彼女の肩をつかんだ。

「待って」ぼくは言った。

ナミコは振り向くと、ほほえみながらぼくの目を見つめた。

「きっと気づいてくれるだろうと思ってたのよ」ナミコはささやくと、門を閉めた。ぼくたちは門に背を向けると、外壁に沿って歩き、角を曲がった。

とうとうぼくたちは、このあいだ壁を乗り越えた場所にやってきた。

「お先にどうぞ」ぼくは言った。

ナミコは壁のてっぺんで体を支えると、向こう側に消えた。ほんの短いあいだではあったが、壁が別世界との境界線になった。ナミコはその世界へ逃れ去り、ぼくはついていけずにここにいる。もう二度と彼女に会えないかもしれないと思うと、胸が痛んだ。ぼくは急いで彼女を追ってよじ登った。

ぼくたちは最初の訪問のときと同じように、茂みから突き出てつかもうとしてくる枝を脇に押しのけ、石の道をたどった。しかし、今回はぼくたちは二人きりではなかった。小道を森の方角に歩いていくと、人々とすれ違った。彼らは一人きり、もしくは二人組で、草のなかに座ったり、空を見上げたり、小さな声で話したりしている。ちょっとしたお弁当を持ってきている人もいれば、扇子であおぎながら冷たい空気を顔に送っている人たちもいた。

「みんな、何を待っているんだろう?」ぼくは尋ねた。

「月のため息よ」ナミコは小さな声で言うと、それ以上説明せずに森のなかに侵入していった。ぼくたちは木々のあいだを抜けていく「生命の道」をたどった。空き地に来るとナミコは立ち止まり、池の方を指さした。島には、ナミコのお父さんが正座していた。お父さんは和服を着て、遠くからは木の杖のように見えるものを手に持っていた。その杖で動物を追い払おうとしているのだろうか、とぼくは考えた。

「来て」ナミコは言うと、やさしくぼくの腕を引っ張った。ぼくたちは森に戻り、銀色に光る茂みのあいだの、草で覆われた小さな場所に腰を下ろした。植物がぼくたちの周りをぐるりと取り囲み、他の客の視線から守ってくれていた。空には満月がきらきら光る霧に包まれながら、何かが起こるのをじっと待っていた。草の葉のあいだでは蛍が何匹か、空から落ちた星屑のように光っていた。何か重要なものが空気を満たしていた。ナミコは人差し指を唇に当て、謎めいたほほえみを浮かべた。しばらくのあいだ、何も起こらなかった。でもそれから、月の最初のため息が聞こえてきた。

それは低い音で始まり、長いあいだ持続し、柔らかく震動すると、震えながら徐々に弱まっていった。魔法のような静寂が一瞬支配したあと、かすれた音が空中を漂っていき、枝のあいだを突き抜けてぼくの耳に飛び込んできた。さらに次々と音が湧き起こってきたが、それらの音はまるで間違った場所で聞かれるのを恐れるかのように、用心深く、畏敬の念に満ちていた。あたかもライオンの狩り場で姿が見えなくなったわが子を不安げに呼んでいる動物のようだ。無防備な小さな生き物のように、音は闇を通って手探りし、感傷的な歌で夜を満たしていた。ひょっとしたらそれは生き物ではなく、生き物が残していった吐息に過ぎず、音を立てる幻となってあたりをさまよっているのかもしれなかった。

「日本の竹笛で、尺八というのよ」ナミコがささやいた。

尺八がまるで未来から語っているような音を鳴らし、過去を探索するために、食い入るような音を翼のある小さなメッセンジャーのように送り出しているあいだ、ナミコは目を閉じ、ゆっくりとトランス状態に入っていくように見えた。ときには音の連なりが速く、陽気になり、音が明るくなったが、そのあとでまた、苦悩をたっぷり含んだ憧れに満たされるのだった。あるときは高揚し、あるときは抑制されて、生きた動物のように内部で分裂し、生命そのもののように矛盾を抱えている。ぼくは、自分の内部で何かが動き出し、メロディーが生命への深い感覚を呼び起こすのを感じた。それは幸福感であると同時に哀愁でもあった。要するに、尺八の音はぼくだけを呼んでいて、他の客たちはみんな無害なメロディーを聴き取っているだけなのではないかという漠然とした印象を、ぼくは抱いていた。

ナミコは靴を脱ぎ、両足をぼくの膝においた。体を後ろに反らし、肘で支えている。彼女のむきだしの前腕に視線をやると、鳥肌が立っているのがわかった。ぼくは彼女の足を両手で包んだ。彼女をしっかりとつかまえるために。あるいは、ぼく自身がしっかりと彼女につかまっていられるように。そうして、妖精のように青く光っている彼女の髪を眺め、夢を見ているようなほほえみが漂っている顔を眺めた。

この世のものとは思えぬメロディーが庭を満たし、ぼくたちに時間を忘れさせた。笛の音が静まっていったとき、ナミコとぼくはまだしばらくのあいだ、黙って草の上に座っていた。ぼくは彼女の足先をマッサージしていて、彼女がそれを嫌がってはいないと感じて嬉しかった。

「まだあなたにあげるものがあるの」とうとうナミコが口を開き、ズボンのポケットを探って小さくたたんだ紙を取り出し、ぼくの手に押しつけた。「ホテルに帰ってから読んで。いいわね？」

客たちは庭を歩き回り、ナミコのお父さんが火を熾《おこ》して抹茶と小豆羊羹《ようかん》をふるまっている小さな島の方に足を運んでいた。

「どうだったかな？」ぼくたちがそこに加わったとき、お父さんはぼくに尋ねた。

「あのメロディーを毎晩聞くことができたら、ぼくの人生はきっと、いまよりも豊かになるでしょう」

「しかし、あんたはもう二度とそれを聞くことはないだろう」彼は答えた。「楽譜もメモもないんだ。気分に任せた即興だったんだからね」

ナミコがぼくに、無邪気にほほえみかけた。

15

「月のため息」の庭園からホテルに帰る途中、ぼくは自分の知らないメロディーをハミングしてみようとした。でも、音を出し始めるたびに、それはすぐ、自分の知っている曲に変わっていってしまう。自分にとってまったく新しい色を従来の色と混ぜ合わせることなく考え出す、という実験をやったとしても、同じような結果が出ただろう。既知のものとはまったく違ったものを創造することが、そもそも人間には可能なのだろうか？　結局のところ、ユニコーンのような想像上の動物だって、昔から知られている角と馬を組み合わせただけなのだ。新しいものというのは、ひょっとしたら常に、レシピを変えて古いものをリミックスしただけなのかもしれない。

ぼくはホテルに戻り、フロントで鍵を受け取るとエレベーターの方に行きかけたが、ふとためらいを感じて振り返った。それからロビーのソファに腰かけ、すでに一度やったことがあるように、正面のガラス戸を通して外を眺めた。こうした儀式めいた行為は、過去と現在のあいだに橋を架け、特別な時間を与えてくれる。

道の向こう側を、満月の光のなか、ぶらぶら歩いているカップルがいた。男が女の肩に腕を回し、何か言っていた。女の方は笑って体をのけぞらせ、手で男の腹を叩いていた。彼は彼女の髪にキスし、それから二人はぼくの視野から消えた。自分が水槽のなかから別の世界を眺めている魚になったような気がした。この世界は、ぼくの世界でもあり得るだろうか？ぼくが知っている世界と、どれくらい違うのだろうか？

ぼくは一瞬目を閉じ、頭のなかで「月のため息」の庭園に戻っていった。するとすぐに、ナミコの両足をぼくの膝に感じ、心に染み入る尺八の音がぼくの内面を探っているのを感じた。ナミコがぼくに紙切れを渡してくれたことを思い出し、それを取り出した。ナミコは別の公案をそこに書きつけていた。

僧侶たちが二つのグループに分かれ、どちらが猫の飼い主なのかと争った。すると南泉和尚が包丁を持って現れ、「もしおまえたちに何かいい言葉が言えたら、猫の命を助けてやろう」と言った。誰も何も言わなかったので、南泉は猫を真っ二つに切り、それぞれのグループに与えた。後に南泉は別の僧侶にこのことを話した。するとその僧侶は黙って履き物を頭に載せた。「おまえがその場にいたら、猫はまだ生きていたであろうに」と南泉は言った。

ぼくは奇妙な感情に襲われた。ぼくの問題を解決する方法が、ここに書かれているようだ。この話の意味は理解できなかったが、この公案が謎めいたやり方でぼくと結びついていることを感じた。

16

翌日、ぼくたちは電車で田舎に出かけた。互いにあまり話をせず、ナミコはほとんどの時間、窓の外を見つめていた。京都郊外の小さな村で電車から降り、駅からの埃っぽい道を村外れまで歩いた。

「あそこよ」ようやくナミコが言い、雑草と花で覆われた草地の上に建つ、いまにも崩れそうな納屋に向かっていった。周りにはごつごつと骨張った松の木が立っている。これらの松の木は誰のことも待っていないようで、おもしろくなさそうに枝をだらりと下げている。ひょっとしたら暑さのせいなのかもしれない。途切れることのない蟬の鳴き声が、昼の時間を侵食していた。干し草の匂いが漂っていて、ぼくは一瞬、半ズボンをはいて膝小僧をすりむいていた子ども時代を思い出した。最後に木に登ったのはいつのことだったろう？

ここからは目の届くかぎり、小ぎれいに耕された畑と、草の生い茂った野原とが広がっていた。ゆったりと下っていく谷間が向こうの方まで伸びていき、遠くの木や茂みのあいだで小川が光っていた。その背後の景色は、遠慮がちにまた上り坂になっていた。舗装されていない道が互いに絡み合っていて、そこに一つのシステムを見出すことはぼくには不可能だった。

おおざっぱな板きれを組み合わせだけの納屋の門は、長い年月のあいだにぼろぼろになっていて、「月のため息」の庭園のぽつんと立っている門と同じくらい、人を遮る用をなさないものだった。ナミコはすでにその前に立ち、共犯のような目でぼくを見つめている。

「準備はいい?」彼女が訊いた。

「もちろんさ」ぼくは言った。

ナミコは門に取り付けられた鉄の輪を両手でつかみ、ゆっくりと門を開いていった。古くて朽ちかけた門が重かったのではない――ナミコはわざと時間をかけていたのだった。単に一つの納屋を開くというだけではなく、思わせぶりにほほえみながら、そして見るからにそれを楽しみながら、何かを明るみに出そうとしている。ぎいぎいと音を立てる木の扉の背後には、最初は暗闇しか見えなかったが、日光がどんどん納屋の奥まで差し込んでいった。すると、秘密だったものが白日の下に現れてきた。

「これは――」

ナミコはもうなかに入り、トラクターによじ登っていた。納屋と同じく、トラクターもかつては活躍した日々があったのだ。いまでは緑のペンキが剥がれ、錆《さび》にやられていた。四角いカバーがエンジンの上にかぶせてあったが、エンジンの一部が脇からはみ出し、黒くて油っぽいこぶで覆われていた。トラクターの全面には二つの丸いヘッドライトが取り付けられていたが、ガラスにはいくつもの罅《ひび》が入って白濁しており、もう道を照らすことはできなさそうだった。ライトとタイヤを別にすれば、トラクターのすべてが古風に角張っており、大昔のデザインであることは間違いなさそうだった。小さな牽引車は恐竜が絶滅するのさえ目撃したんじゃないだろうか。

「きみは――これ、きみのトラクターなの？」ぼくは信じられない気持ちで尋ねた。

「何だと思ったの？」ナミコはくすくす笑った。「潜水艦だとでも？」

「大都市に住みながらトラクターを所有してる人間をあまり知らないからね」

ぼくは笑い、ナミコの隣の補助椅子に飛び乗った。

エンジンは何度か、どうでもよさそうなガチャガチャという音を立てた。それからついに、まるで大げさな咳をしているみたいな轟音とともにエンジンがかかり、ナミコは巧みにトラクターを外に導いた。野道に入って谷を下り始めると、ぼくの体はロデオ大会のカウボーイのように激しく揺れた。

「感じる?」ナミコが大声で言った。「人生の苦難に襲われてひどい目に遭ったりすると、こんな感じがするものよ」

「なんでトラクターなんか買ったんだい? 何が楽しいの?」ぼくは叫び返した。

「このゆっくりしたスピードよ」ナミコは歓声をあげると、しばらくのあいだ、やみくもに野原の上でカーブを描き、風景がスローモーションでぼくたちのそばを通り過ぎていくようにした。そのおかげでぼくのなかには、生きてるんだという濃密な感情が生まれてきた。風景のなかを走り抜けているあいだに、ぼくの意識はどんどん思考から遠ざかり、純粋な存在に向けられていった。永遠の思考の流れを止めるために誰かの鼻を思い切り引っ張る禅僧は、どうやら必要なさそうだった。ぼくはゆっくりと、公案への道を手探りしていった。公案を読み、頭で分解するのは、実際間違ったやり方だった。がたがたと揺れて骨の節々にまで打撃を与えるトラクターの上にいる方がずっと役に立つのだ。

　ぼくたちは悠々と、谷の深いところまでカタカタ進んでいった。ぼくの横には爽やかなまでにシンプルなワンピースに身を包んだ女性がおり、さんざん揺れたおかげで黒髪が乱れて顔にかかっている。彼女はトラクターを、ぼくが納屋の前から眺めた小川に向けて運転していた。

岸に到達すると、古いエンジンの音が止まった。ぼくたちは座席から飛び降り、川べりに生えている背の高い草のなかに腰を下ろした。

静寂が戻ってきた。

「どうして同じ川で二度泳いじゃいけないのかしら?」ナミコは思案し、ごぼごぼと音を立てる水の表面を眺めると、ため息をつきながら後ろに寝そべった。ぼくは本能的に、その言葉は問いではなく新たな公案なのだと気づいた。ぼくは黙って彼女の隣に仰向けに寝そべった。

「すべてが流れていくね」しばらくしてからぼくは言い、ナミコの方を眺めた。彼女はほほえみ、黙っていた。

白い蝶がぼくたちの上を飛んでいき、何度か円を描いてから去っていった。あいかわらず目には見えない蟬たちが、けっして止まることのないぜんまい装置のように、ずっとジリジリ鳴き続けていた。生ぬるい風が、心地よく暑さを攪拌《かくはん》してくれた。水のささやきは、ぼくの五感を痺れさせるようだった。木々の上では二羽のツグミがさえずり、鳥たちの問題を話し合っていた。

「昔は」とナミコが口を開いた。「いろいろな庭園で、くねくねと流れる小川の祭りというのがあったの（いわゆる「曲水の宴」を指す。古代、朝廷や公家が行った年中行事の一つ）。そのときには軽い杯《さかずき》をお酒で満たして、小川の水に浮かべたのよ。流れていく杯の一つを歌人がとらえて飲み、自ら和歌を詠まなければいけなかったの」

「それは簡単なことじゃなかっただろうね」

「どうかしら、そうした和歌は一行か二行の短いものだったのよ。重要なのは、庭と文学を結びつけることだったんだと思うわ。わたしたちの文化の歴史には、自然と文学のあいだに強い関わりがあるから。ときには和歌が、庭園を設計する際の理想となり――ときには庭園が、和歌を詠む場所になった」

　それについては、すでに読んだことがあった。かつての日本庭園は、どうやら芸術家と貴族のための場所だったようだ。遊歩用の特別な庭園には、念入りに選ばれた場所に居心地よくしつらえられた座席があり、そこに座って楽器を演奏したり、歌ったり、和歌を詠んだりすることになっていた。東屋《あずまや》に腰を下ろして風景を見渡し、無為に身を委ねていたのだ。

　ぼくは自然の景色を眺め、しばらくのあいだ何も考えまいとした。ナミコはぼくの隣で草のなかに手足を投げ出していた。触れ合わなくても、彼女を感じることができた。やがて、ぼくの頭にナミコが教えてくれた文字が浮かんだ。いまでも「駅」という漢字のなかに馬が現れ、「買う」という漢字のなかに貝殻と魚網があるなら、これらの文字はかつて起こったことを——庭が一つの和歌を保存するように——保存しているにほかならない。そして、その瞬間を超えて、いまのできごとに意味を与えているのだ。ナミコの隣で小川のほとりに横になり、ぴちゃぴちゃという水音がぼくの気持ちを和ませていたとき、この瞬間も保存されるのだな、とぼくは思った。京都に戻ったとたんにこの瞬間が価値を失ってしまうわけではない。いまのこの牧歌的な状況は、明日につながるきっかけとなるのだ。

ぼくは時間を十年先に進め、自分たちがソファに座っている様子を思い浮かべ、自分がこう言うのを聞いた。「覚えてるかい、トラクターで遠出したときのこと。あの小川のほとりで横になったよね？」するとナミコは、ぼくの肩に頭をもたせかけるだろう。そうすれば、「駅」という漢字のなかの馬みたいに、過去が現在となる瞬間が訪れるのだ。

何も失われないようにすること、それが肝心だ。

この瞬間を未来へと救うこと。

将来、自分が体験したことで自分を養うことができるように。それを言うためにナミコはぼくに漢字を示したのだ、とぼくは思った。エヴァのことを考えた。エヴァとは月曜日に一緒に素敵な経験をしたとしても、火曜日に喧嘩してしまえば、その月曜日は忘れ去られた。そして、どんな美しい思い出も大波を鎮めることはできなかった。すべては流れていく、でも、すべてを消え去らせる必要はないのだ。

「きみたちの文化では、新しいものが古いものを押しのけることはないんだね？」ぼくは言い、顔をナミコの方に向けた。

「その二つは補い合うのよ」とナミコはうなずいた。「古いものも、自分の場所を保ち続けるの」

「ぼくたちが、いまのこの瞬間を、同じような方法でとどめておくことにしたら？　十年後にソファに座って、きょうのことを思い出すとしたら？」

「そうしたら」とナミコはささやいた。「わたしたちはきっと――」

「互いをとても身近に感じる」と、ぼくたちは同時に言った。

目に見えない蟬が、鳴き続けていた。

あたかも、絶え間なく何かを現在化するかのように。

17

車

「もっと漢字の話をしてくれないか」ぼくはナミコに頼み、小川に石を投げ込んだ。

「もういくつかは覚えたよね」ナミコは言いながら、小枝で地面に何本かの線を引いた。「馬という漢字と同じよ。まだいろいろ、絵文字のようなシンボルがあるの。たとえばこれ」

「これは何?」

「絵文字と呼べるほどはっきりしていないかもしれないけど」ナミコは目で笑った。「『車』を表す字よ」ナミコは口を少し開け、拍手を求めるような目でぼくを見つめていたが、ぼくは土に書かれた文字を見つめて理解に苦しんでいた。しかし、ふいに洞察がひらめいた。ぼくは学校の生徒のようににやりと笑って彼女を見つめた。「これは荷車だ！　空中から眺めた荷車だよね。車輪が二つ、車軸が一つ」ナミコは笑いながら両手を叩き、ぼくの頬にキスした。そんなご褒美に味をしめて、ぼくはもっと漢字を書いてくれるように頼んだ。

「もう一つ、絵文字を書くわ」彼女は言い、また地面に線を引いた。

日

「紹介します。これは太陽よ。でも、一日を指すこともある。漢字のつながりで意味が決まってくるのよ。日本語はそんなに論理的な言葉ではなくて、わたしたちはしばしば直感に頼っている。太陽を表す漢字はすっかり様式化されてしまって、ほとんど元の絵はわからないくらいいね。長いあいだに絵文字は四角くなり、外側にあったたくさんの線は、内側のたった一本の線にまとめられてしまった――この方が、速く書けるからね。たとえば『木』という表現も、簡略化されているわ」

木

「これは木としてまだ認識できるよ」ぼくは満足してうなった。

「そして、下の方に一本線を付け足すと、『根』を表す文字になるのよ」ナミコは話を続けた。

本

「この字は、抽象的な意味での『根』、つまり『根源』のことも意味しているの。だから他にも『本』という意味が派生したのかもしれないわ。本は、知識の源だからね。マルコ・ポーロがヨーロッパに戻ったとき、日本を『日の出《い》ずる国』と呼んだのはなぜだかわかる？」

「この文字と関係があるのかな？」

「そのとおり。『太陽』と『根源』を並べると、日本という国の名前になるのよ」

日本

「だから、マルコ・ポーロは正しくは『日の本の国』と言うべきだったのよ」

「ちょっと待って。いま突然、二つの漢字が並んだね。この二つで新しい単語になるの？どうやったら、それらの漢字がもはや単独ではなく、組み合わせによって何か別のものを表しているとわかるんだい？」

ナミコはほほえんだ。「どうして多くの人から、日本語は世界で一番難しい言語だと言われていると思う？」

「ぼくたちはこれまで、絵文字のことしか話していないよね。でもきみは、ほかの種類の記号もあると言ったね？」

「ええ、そうよ。正確に言うと、ほとんどの字は残念ながらそんなに単純じゃないの。それに、もう一つ別の小さな問題がある。日本の文字は、全部が漢字というわけではないの。あと二種類の、日本だけの書字システムがあるわ。ひらがなとカタカナ。一つの文のなかに、しばしば三種類の文字が入っている。たった一つの単語でさえ、漢字とひらがなの組み合わせからできていることが多いの」

「複雑そうだね」

「心配しないで。きょう一日でそれを覚えろとは言わないから」ナミコは笑って、ぼくの肩を叩いた。「絵文字がどんなふうに物事をその源へと連れ戻すか、あなたに見せたかっただけなの。『駅』という文字は、あなたに駅の根源を思い出させたでしょ。形ではなく、内容が問題なの。建物ではなく、旅人が到着したり旅立ったりする場所が――たとえ駅がどんな姿をしているとしても。『春』という漢字はたとえば、太陽と、地面から出てくる植物の芽を表している。春を日付で表すんじゃなくて、できごととして表現しているのよ。基本的には、変わることのない本質が問題になっているの。あなたがどんな種類の鳥を選ぶにせよ、それが鴨だろうが鶏だろうが鶫《つぐみ》だろうが鴎《かもめ》だろうが、それらの漢字には鳥を表す部首が入っていて、物事の核心とその存在を思い出させるのよ。よく考えなくてもわかる部分をね」

「腹で知覚するということ？」

「そうだと思うわ。物事の存在は、思考よりも直感によって開けるのよ」

い、いぼくの腹は、ぼくがかなり激しく恋をしている、と告げていた。

「明日は京都の図書館の前で会いましょう」ナミコが提案した。「そうしたら、直感とイチゴジャムにどんな関係があるか教えてあげる」

18

激しい戦闘による騒乱や、麗々《れいれい》しい即位式や、陰険な裏切り者の口づけや、一を聞いて十を知る賢い哲学者や、掟を持たない強盗集団や、聖人や、人殺しの専制君主などの匂いがそこには漂っていた。図書館のなかでは、誰がよい人、誰が悪い人の側にいたかなんてことはあまり関係ない。ここではみんなが隣同士に座って、互いに干渉しないのだ。

午前中にはほとんど人は来ておらず、ときおり誰かが司書とひそひそ声で話したり、注意深く本をぱらぱらめくったりしながら本棚から本棚へさっと移動するのを見かけるだけだった。図書館にいる人たちがこんなに小さな声で話すのは、他の人たちの集中を妨げたくないからではなく、本のなかにいる恐ろしい人物たちが目を覚ますのを恐れているのではないか、という考えがぼくの頭をよぎった。

壁には天井の高さまで本棚が並び、読み古された本がじいっと人々を見下ろしているので、良心の呵責を感じるほどだった。木の書見台の上には古い本がおかれていたが、どうやら進化についての本のようだった。人を誘うようにページが開いてあり、チャールズ・ダーウィンによるスケッチがいくつか示されていた。ぼくはダーウィンがガラパゴス島で座ってフィンチの嘴《くちばし》をスケッチしながら、どうやったらこの新しい見解によって、世界の人々をもっとも印象深く驚かすことができるか、熟慮している様子を思い浮かべた。彼は一八八二年に亡くなり、いまではイギリスのウェストミンスター寺院に葬られている。しかし、日本の図書館で、彼の思想はまだ生き続けているのだ。本というものも、結局は保存のための器なのだ。

ぼくは当てずっぽうに一冊の本を棚から取り出し、開いてみた。自由奔放な文字の集積がページを埋めていて、ぼくはドイツ語と日本語という、違いの大きい二つの言語をマスターしているナミコをうらやましく思った。ナミコが先日来ぼくに教えてくれている文字は、一つも見つけられなかった。ぼくはいささか気落ちしながら、その本をまた元の場所に戻した。

ナミコは雑誌が入っている木の箱の前に立って、「ニュートン」という日本の科学雑誌のバックナンバーのページをぱらぱらとめくっていた。

「ここにあったわ」ナミコは言うと、ぼくの方に来て、開いた雑誌を目の前に突き出した。雑誌の写真では、赤い物質の入ったいくつかのガラス容器の上に若い人々が身を乗り出していた。

「アメリカで、研究者たちが何人かの学生を使ってジャムを判定させる実験をしたのよ」とナミコは説明した。「一つのグループは直感的にジャムの判定をし、もう一方のグループは、どのように判定するかをよく考えて、その根拠をリストにまとめたの。そしたら何が起こったと思う?」

「わからないな、何だい?」

「じっくり考えた方のグループは最終的に、プロの検査員たちの判定とは大幅に違う結論を出したの。ところが直感的にジャムを選んだグループの方は、食料品の専門家たちの判断と非常に近かったのよ。研究者たちはそれから、第二の実験をやってみた。彼らは二つのグループに分けた被験者たちに、リビングルームに飾るためのポスターを買わせたの。一方にはどの絵を買うのかじっくり考えさせ、もう一方には直感的に絵を選ばせたの。何週間か経ってから質問してみると、長いあいだ買うか買わないか迷っていたグループよりも、直感的に選んだ人たちの方が自分の選択に明らかに満足していたのよ」

「ぼくも、いいマネージャーはたいてい腹で決断を下す、という記事を読んだことがあるよ」ぼくは言った。「今日の経済状況はしばしばあまりにも複雑で、頭で理解しきれないほどだし、どのような判断が正しいのか、意識してじっくり考えても確定できないんだ。だからマネージャーたちは本能に頼る——それでけっこううまくいってるんだよ。どうしてそういう決断をしたのか、説明できないことが多いんだ」

ぼくは、どの語順がいいかを問う学術調査のことを思い出した。「赤い大きな納屋」がいいのか、「大きな赤い納屋」がいいのか。二つ目の組み合わせの方がいいと、誰もが答えた——しかし、それがなぜだか説明できた人はいなかった。

「父が両親から庭園を受け継いだあと、誰かから、どうやって余暇を過ごしているのかと尋ねられたときに、どう答えたと思う? 『わたしは庭を持っている。ゆえに庭の手入れをする』と言ったの。すてきな言葉じゃない?」

「でも、自分が持っているもので満足するというのは——」

「——そこにはすごく重要な前提があるわね。謙虚であることよ。庭の木によじ登れるのに、どうして出世の階段によじ登ろうとするのかしら?」

自分でもそういうことを考えたことがあるのに、ぼくは気づいた。ぼくの腹は恋をしていたのに、ぼくの頭は、人間は恋ではなく給料によって生きるのだとわきまえていた。ぼくの腹はナミコに触れたいともだえていたのに、頭の方は、日本での生活について深く考えるのはやめろと忠告していた。ハンブルクではどのような未来がぼくを待ち受けているか、わかっていた——でも京都では何がぼくに起こるか、わからなかった。

「ここにもっと書いてあるわ」とナミコは続けて、雑誌に顔を突っ込んだ。「心理学者たちがアメリカの学生に、サンディエゴとサンアントニオ、どちらの都市が大きいかと尋ねたの。正しくサンディエゴと答えられたのは六十三パーセントだけだった。ところがドイツの学生に訊いたら、全員正解だったのよ。彼らはサンアントニオという町について一度も聞いたことがなかったから、本能的に正しい答えを選ぶことができたの。知らない町は、知ってる町より小さいだろうということでね」

ぼくは体をこわばらせた。

かすかな寒気が背中を駆け抜けた。ぼくは口を開けてナミコを見つめたが、ナミコは雑誌に釘付けで、まだページをぱらぱらめくっていた。

ぼくは突然、猫が出てくる公案で、なぜ僧侶が履き物を頭に載せたのかがわかったのだ。アメリカの学生の場合は、頭のスイッチを入れてじっくり考えたことが、間違った答えを出す原因になってしまった。二つに分かれて猫のことで争い、猫を真っ二つにさせてしまった僧侶たちも、愛よりも所有を優先し、腹よりも頭を優先したのだ。

後になってこの話を聞いた僧侶はそのことを見抜き、頭が下す決断がどれほど取るに足りないかを示すために、汚れた履き物を頭に載せたのだった。

19

ナミコは図書館から直接、大学に向かった。ぼくにも予定があった。ナミコが講義に出なければいけないのは好都合だった。ぼくの計画を彼女に知られたくなかったからだ。

ナミコはぼくを、ほんとうにロマンティックな体験に参加させてくれた——そろそろお礼をしなくては、とぼくは思ったのだ。もちろんただ単にレストランに招待したり、花束を渡すだけにはしたくなかった。そういったこともすてきな行為ではあるし、友情や恋心を温めてはくれる。多くの人がしばしば行っていることをやったからといって、その行為の価値がなくなるわけではない。もう百回も行ったことのあるレストランに行って、いつもと同じウェイターにいつもと同じ食事を持ってきてもらったとしても、だからこそその晩を特別なものとして感じることはできるのだ。外面的な状況が重要なのではなく、内面的な感じ方が重要なのだから。

だがいまは、何か普通でないことがしたいと思っていた。いずれにしてもナミコはぼくに、さまざまなものに加えて灯台への遠足や、謎めいた庭園の宇宙や、魔法のような「月のため息」をプレゼントしてくれたのだ。このような想像力溢れる贈り物に対して、ぼくも何かしら、ぼくたちの物語に合うようなプレゼントがしたかった。いろいろ経験するうちに、どんなものがナミコを感動させるのかわかってきていたし、長い時間をかけて考えなくても、プレゼントのアイデアは簡単に浮かんできた。この種の創造性に関しては、恋をしている人間の方が絶対有利なのだ。

ぼくは鴨川の岸に面して格式あるレストランに囲まれ、たくさんの留学生のたまり場になっているスターバックスカフェで、二杯目のキャラメル・マキアートを飲んだ。留学生たちはさまざまな言語で互いに会話しており、ぼくはちょっと目をつぶって、自分たちはキリスト生誕の六百年前にバベルの塔の建設現場に座ってるのだと想像してみた。その塔は天まで届くはずだったのだが、誇り高きそのプロジェクトは、現場の労働者たちが互いの言語を理解できなかったために破綻した。ぼくとナミコのあいだの親愛の情が苦もなく天まで届くかのように育ったのは、お互いのコミュニケーションのために必ずしも言葉を必要としていないからかもしれない。

だからこそぼくにとっては、特別なサプライズを準備して、ナミコとの結びつきをどれほど大切に感じているか示すことが重要だった。ホテルに戻っていくつかの問い合わせをするまで、ぼくは自分が計画したサプライズを思ってわくわくしていた。フロントの男性は当初、ぼくが英語で説明したことを正しく理解したのかどうか自信が持てない様子で、驚いたような顔をしていた。しかし、ぼくが考えていることを詳しく伝えると、彼の顔全体にほほえみが広がった。彼はせわしなくうなずきながら、スタンドから京都周辺の地図を取り出し、二次元の地形を恭しく広げた。そして、しばらくのあいだ探し求めるように人差し指を林や草地、森の上に走らせていたが、とうとう満足げに「ああ！」と言って指を止めた。彼は一箇所にボールペンで印をつけると、地図を差し出し、勝利を確信してぼくを見つめた。ぼくは彼が印をつけた場所を一瞥した。ほんとうにそんな場所が見つかるとは思っていなかったが、それはまさしくぼくが求めていたような場所だった。ボールペンでつけたシンプルな×印が、ぼくのささやかな計画の貴重な宝の地図となった。心臓がドキドキしてきた。ぼくはほほえみながら顔を上げ、フロントの男性は満足げにうなずいた。

「すばらしい計画です」彼は賞賛するように言った。「毛布が二枚必要でしょう。ホテルにある古いものでよければ、喜んでお貸ししますよ」

ぼくはお礼を言い、地図をたたむと、どうやったらバスでその場所まで行けるか、説明してもらった。それから出発した。

バスに乗っている時間はおよそ三十分だった。バス停から野原のなかの小道に入り、ごつごつした小さな木々や、繁茂しまくっている草や茂みなどのある林に足を踏み入れた。数匹の猿が木の梢に座って、ぼくを罵《ののし》っていた。ぼくが進化の過程で彼らより一段階先にいるのが気に入らなかったのかもしれない。ぼくは道の途中でかがむと、あとで使えそうな大きな樹皮を一切れ拾い上げた。先へ進めば進むほど、自然が人間に場所を空けるのを嫌がっているように見えた。この場所には手つかずの自然がまだ残っていて、人間が来たり、人の手が加わったりということはほとんどないのだった。ぼくはまだしばらくのあいだ、茂みが明るくなって草地が見える場所を探し回らなくてはいけなかった。そこでは数匹の蟬と鳥が鳴きながら、二十世紀の人々の目に触れずに生息していた。ぼくの両足が草に触れるたび、小さなバッタたちがバネが弾けたように、急いで空中に飛び上がった。

草地のほぼ中央に、ホテルの男性が謎めいた×印で示してくれたものがあるのが見つかった。ぼくは草のなかに座って、試すように腕を伸ばし、また立ち上がると木の皮を取り出して、何回かテストを行った。その際、ぼくはゆっくりと回りながら、時計の針を見つめていた。それから数メートル離れた場所を調べ、満足の声を上げた。すべては完璧だった。この場所はまさにぼくの計画にぴったりだった。ナミコは驚いて目を丸くするだろう。

ぼくは幸せな気持ちで林の道を戻ると、次のバスで市内に帰った。ホテルの近くに日曜大工の店があったので、木材を少しと、にかわと糸鋸《いとのこ》を購入した。残りの材料はスーパーマーケットで調達した。

ホテルのロビーでもう一度フロントの男性にお礼を言い、使い古したウールの毛布を受け取った。それから部屋に戻り、買ってきたものを袋から出すと、仕事に取りかかった。

20

夕方、ある神社の鳥居の前に座って、ぼくはナミコを待っていた。口を大きく開いて厳しい顔をした石像が門の両脇を固め、歴史的な場所に現代の京都が押し入ってくることを妨げるかのように、死んだ目でぼくを睨んでいた。

人々がまだ自然について説明も予測もできず、神の道としての神道を発明した当時、このあたりはどんな様子だったのだろう、とぼくは想像した。いま座っているベンチが、太古に倒れた木の幹に変わるように思えた。ちょうど二千年前に、一人の農夫がこの場所で石斧を木に打ち当て、何本かの薪を手に入れようとしていたかもしれない。そして、知らない動物の奇妙なうなり声がすぐ近くの森からけたたましく聞こえてきたかもしれず、雷の虚《うつ》ろな響きが空中を満たしていたかもしれない。その音を特定できない農夫は、特に暗闇のなかでは、きっと不安に襲われたことだろう。不安のなかで、彼は斧を取り落とし、身近な聖所に飛び込んで祈ろうとしたかもしれない。

仏教が伝わるずっと以前から、日本の人々は古代神道の儀式を執り行い、社を建て、祭りを祝い、狩りの儀式や豊作の儀式を生み出し、未知なるものや生命の秘密を敬い、理解できないものに対しては、いささかの畏《おそ》れの気持ちも持ち合わせていた。考古学者たちは円筒埴輪や形象埴輪から、苦労しつつ歴史の隠れた秘密を解明した。そこには当時、副葬品として使われた人物像や動物の像があり、今日では、社において自然宗教が信仰され続けていた時代の証人となっている。世界にはもうあのころのような自然は存在しないし、神道には古典的な意味での絶対神や、法則や、神学的に固定された上部構造などはない。それに神道の強力なライバルとして仏教がある。それでも古代神道は損なわれることなく、近代的なオフィスビルのあいだで生き延びている。京都における古代と現代との共存については、これから数日間のあいだにもっと調べることにしようと思った。

ぼくは石像の目をまっすぐに見据えながら、これらの像は造られるまでのあいだ、どんなものを見てきたのだろうと考えた。何千年ものあいだ、見出されることなく眠っていた彼らを岩から切り離した鑿《のみ》。自分の作品の顔を、自分の妻の顔よりもじっくりと見つめた彫刻師。彼はくりかえし、考えこみながら顎を掻き、自分の責任の重さを意識しながら思いに耽ったことだろう。それからまた、像の顔の表情を石のなかに刻み込む。それは、二度と消すことができない痕跡なのだ。その後、人足たちがこの像を、決められた場所に引きずってきた。好奇心たっぷりの神官たち。石の像に驚いて吠える犬たち。台風が来てパニックになり、走って逃げていく人々。どんな形を与えられようと石は石なので、石像の開いた口のなかにもたやすく留まることのできた蟬や鳥たち。うやうやしく跪《ひざまず》いた男たち、笑いながら像の手に花を押し込んだ子どもたち。白と赤の縞模様の服を着て、学生らしいバッグを肩にかけ、待ち構えていたようにぼくに向かってほほえみかける女性。ナミコだ。

「あなたが石像といちゃいちゃしたいなら、あとから出直してくるわよ」ナミコは愉快そうに言い、石像の恐ろしい形相を指さした。

「とんでもない！」ぼくは大声で言い、リュックサックと二枚の毛布をつかむと、ぱっと立ち上がった。「まだやることがあるんだ」

バスに乗っているあいだ、ナミコは我慢がきかない子どものようにいろいろな質問をしたけれど、答えてもらえないことはもちろん彼女にもわかっていた。むしろ、こういう状況の下では好奇心を示すのが当然だったから、質問していただけなのだ。バスが市外に出たころ、夕闇が迫ってきた。バスを降りて林のなかを歩いていくとき、昼はすでに夜に押しのけられ、木々のあいだからは月の光が落ちてきた。ちょうど二日前が満月だったので、あたりがそれほど暗くなることはなかった。ぼくたちは草地に出て、何歩か歩いた。

「着いたよ」ぼくは言い、前方を指さした。

21

小さな川がその草地を横切って、草のあいだで水音を立てている。川は突然考えを変えたように鋭いカーブを描き、流れてきた道のすぐ横を下り、それから曲がって茂みのあいだに消えていた。

小川が形作っている吊革のような形のなかにぼくは毛布を一枚敷き、一瓶の酒とナツメヤシ、ブドウ、紙とペン、点火すると火花を散らせる不思議なろうそくを立てた。風よけのケースに入れたカンテラを取り出して火を灯すと、ナミコを毛布の上に押していった。

「座ってリラックスしてよ」ぼくは言った。

「あなたはどこに行くの？」

「ほんのちょっと離れたところだよ。あそこの茂みの後ろ。きみは小川を見ていてよ」ぼくは答え、歩き出した。

数歩離れた茂みの後ろの隠れた場所で、ぼくは二枚目の毛布を小川の岸辺に敷き、残りの品物を取り出した。ぼくは、小川がぼくの左手をナミコの方向に流れていき、右手でまたこちらに戻ってくる場所に腰を下ろした。

自分で作った小さな木の小舟に木の杯を載せ、酒を満たして蓋を閉じた。それから辺りを探して、葉脈だけになった木の葉を見つけ、一枚のメモ用紙に「妖精の翼」と書くと、それを木の葉と一緒に杯の下に挟み込んだ。くねくねと流れる小川の祭りではそもそも和歌を詠むことになっていたが、詩を作らなくても文学的になる方法はいろいろとあるはずだ。カンテラの明かりで照らしながら火花の出るろうそくに火をつけると、小舟の木に差し込み、小川の上にかがんで、積み荷と火花を散らせるろうそくを載せた小舟を水に浮かべた。小舟がゆっくりとナミコの方角に進んでいるのを見守りながら、ぼくはナツメヤシを口に入れ、種を吐き出した。そして待っていた。

十五分後、火花を散らせるろうそくと、水に映ったその鏡像が、月光のなかをぼくの方に向かってきた。ぼくは体をかがめ、小舟を川から掬《すく》い上げた。

ナミコは漏斗のような形をした花を小舟のなかに入れ、「雨水の杯」と書いていた。ぼくはナミコが送ってきたろうそくを燃え尽きさせ、太い草を地面から引っこ抜くと、「蟻の空の橋」と書いたメモとともに小舟に載せた。それから、ナミコが注いでおいてくれた酒を飲み、杯をまた満たした。新たに火を点けたろうそくとともに、小舟はまた旅だった。

そうやってぼくたちは一晩中、詩の言葉を乗せた小舟を送り合った。ナミコは水に洗われて丸くなった石を「恐竜の親指」と名付けた。ぼくは彼女に小さな枝を「茂みに住む小人の腕」として送った。ナミコは紙で折った小さな杯に小川の水を満たし、「大地の涙」と書いて返答してきた。ぼくはろうそくで突き破ったメモに「地獄の火花の雨」と書き、ナミコはそれに対して「世界のへその緒」と応じたが、実際はそれは土塊《つちくれ》のなかのミミズだった。樹皮の小さな断片をぼくは「根源力の皮」として送り、ナミコからは三本の花の茎を編み込んだ「永遠の友情」が送られてきた。

酒瓶がほとんど空になり、すっかりほろ酔い気分になったぼくは、木の杯にブドウを一粒入れ、「きょうのきみはこんなにつやつや」と書いて送った。

ナミコは返答を、同じように杯に入れてきた。蓋を開けると、ナツメヤシが一つ入っていて、メモには「そして明日はこんなにシワシワ」と書かれていた。

ぼくは笑い、次に何をすべきかと考えた。そして結局、ナミコから来たナツメヤシを手に取り、種を引っ張り出した。ブドウからももっと小さい種を取り出すと、ぼくは二つの種を並べて杯に入れ、「でもきみの内部は大きくなっている」と書いた。小舟は火花を散らしながら流れていった。

小舟は戻ってこなかった。ナミコ自身が茂みのなかから現れ、ぼくのそばに座ると、肩に腕を回し、ナツメヤシをぼくの口に押し込んだ。

それを噛んだときに気がついたのだが、ナミコはナツメヤシの種を抜いて、代わりにブドウの種を入れていたのだった。

22

翌日、ぼくは京都でナツメヤシに入ったブドウを探しに出かけた。

過去の遺物がこれほど愛を込めて現在に包まれている都市を、ぼくは他に知らない。庭園や寺院というのは京都の一部に過ぎない。それらはまるで局部麻酔をかけられたように、百五十万人弱の人口と四十万人の観光客を抱える都市の喧噪のまっただなかで安らっているのだ。庭園はきちんとしたコンセプトのもとに造られているのに、人間たちは何のコンセプトも持たずに整然としたかつての都市計画を踏みにじり、新しい京都をそこに縫い合わせてしまった。まるで、戦争中の空襲で地下に埋没してしまった都市が、襟首をつかまれて死者の国から引っ張り上げられ、大急ぎでコンクリートを使って固定されたようなものだ。しかし、京都はまさに、第二次世界大戦という闇の時代を空襲で穴だらけにならずに乗り切ることができた都市なのだった。ぼくがアメリカ人のジャーナリストから聞いた話では、その理由はどうやら、当時のアメリカ軍の司令官の妻が、夫に向かって「京都を爆破したら、日本人はあなたを絶対に許さないわよ！」とささやいたかららしい。兵士の妻のやさしいささやき声によって、京都は二千軒の寺や神社、古い御所や街並みが千二百年の歴史とともに、戦争の傷から守られたのだった。ぼくは、かつて大きな木の枝に触れ、それを運び去った小さな少年のことを思い出した。

京都では、過去と現在が互いを窒息させあっているわけではない。京都は日本の歴史博物館であろうとし、同時に少しばかり、東京が持っている伏魔殿的な、混沌とした要素も併せ持とうとしている。京都にあるマクドナルドの一店舗では一年に二百万個のハンバーガーが売れたという噂がある。伝統を重視する人々にも食欲を満たすファストフードを提供しているわけだが、この店舗はまさしく京都でも一番古い部類のレストランの隣に建っている。その周辺、四条通にはコンクリートでできた現代の買い物天国が軒を並べている——そんな建物の屋上にも、寺院があったりするのだ。

街角のいたるところに、宗教的な痕跡が見つかる。しかし、ラブホテルもいたるところにある。それらは「ホテル」という名前が固有名詞のあとではなく前についていることからラブホテルなのだとわかる。こうした建物も、愛に飢えたカップルたちを引きつけている。彼らは大都市の法外な家賃のせいでまだ実家に住むことを余儀なくされているか、あるいはすでに結婚しているけれどアパートの壁が薄いため、愛の行為の際に極限まで音に気を使わなければならない人々なのだ。

京都大学はこの街にあるいくつかの大学のなかではもっとも有名であるが、官僚的なエリート大学である東京大学には遅れをとっている。しかし、ノーベル賞を受賞した日本の科学者の多くは京都大学出身であり、この点では東京大学もいささか気を悪くしている――過去に育まれた都市が、進歩主義者を生み出しているのだ。京都には現代的な企業もたくさんある。電子機器、機械工業、繊維産業などで、鴨川や桂川などが運河ときっちり結ばれており、数多くの染色工場から運ばれてくる余剰生産品も水路で輸送されている。

京都を日本文化の揺籃としたものは、現代の産業によっても消されることはなかった。小さな工房や職人たち、手作りの扇子や着物や磁器を扱う小さな店。書道はこの街で生まれ、江戸時代の木版画もここから始まった。そして、歴史的な地区の襖《ふすま》の奥では、こうした伝統がまだ生きているのだ。市の当局から補助金を受け、木造の建物の正面はかろうじて修理されている。約五百メートルほどの通りから成る先斗町《ぽんと》だけで、四十五の茶屋と二百以上のバーがあるらしい。ここでは謎めいた騒音や匂いに満ち、茶屋や小さなレストランがたくさんある、古くてかまびすしい世界に迷い込むことができる。それらの茶屋や小さなレストランの奥まった部屋では、伝統的な方法で調理されたすばらしい料理が提供されるのだ。万国旗が地図を征服するように京都を占領したかに見えるファストフードのチェーン店も、古くて気品のある料理を駆逐することはできず、ただそれらを補っているだけだった。京都の料理は寺院に伝わる伝統的なレシピで彩られている。ことに精進料理は、禅寺の僧たちが食べたベジタリアンの料理だ。

現代と過去とが綱を引き合い、そのときどきで勝利を分け合っている。伝統が、凶暴な現代建築にもうまく口輪をはめている。というのも、法律によって制限され、建物は寺院より高くできないからだ。ただ、一九九四年に建築された京都ホテル（現在の京都ホテルオークラ）は、六十メートルの高さがあり、それまで許可されていた三十一メートルの建物に比べて明らかに空に向かって突出していた。その後建築家の原広司によって設計されたきらきら光る京都駅の建物も、六十メートルの高さがある。しかし一方では、伝統が勝利している例もある。十五年ものあいだ、清水寺の僧たちは条例を盾に、目の前の空き地にコンクリートの巨大な建物が造られることを防ぎ続けているのだ。二千五百平方メートルあるその土地に投資したいと望む人間はたくさんいたのだが、みな諦めざるを得なかった。そして、最後には清水寺自身が、十億もの金を投じてその土地を手に入れた。そこには殺風景な住宅の代わりに寺の庭園施設が造られることになった。

もちろん京都でも、過去の痕跡が消えてしまうことはある。思い出がときには静かに、気づかないうちに消えていき、もう戻ってこないのと同じように。しかし、かつて存在したものの多くは手入れされ、守られている。そして、外見は現代風になっている場所でも、少なくとも文字が、その中身を保っているのだ。現代的な駅舎でも、「駅」という字には馬が含まれている。駅の形態が変わっても、書かれた単語はいまだにその本質を、旅行者が到着する場所としての本来の存在を、指し示しているのだ。それに、現代的なデパートでの買い物がクレジットカードによるものだとしても、「買」という字は貝と、その上に広げた魚網から成り立っている。ナミコが砂の上に書いて見せたように。

ぼくたちの物語を書き記そうとするいま、過去を保存することがどんなに大切か、ぼくは悟った。しかし、何が起こるのかわかっていなかったあの当時、ぼくはこうした考えを、郷愁に満ちた、悪くないアイデアだとしか思わなかった。

ぼくは何もわかっていなかったのだ。

23

「雨が降り始めるんじゃないかな」とぼくは言いながら、光のない、鉛色の冴えない空を指さした。

ナミコとぼくはトラクターで野山に出かけ、小さな湖のすぐ横で丈の高い草のなかに寝そべり、牧童のように雲を観察していた。雲はふわふわした羊のように空を横切り、青い部分を食べ尽くすと灰色の虚無をそこに残していったが、その灰色がどんどん黒くなっていた。

「雨を楽しみましょうよ」とナミコが言った。「雨はレモネードの逆バージョンなのよ」

「レモネードの逆バージョン？」

「そう。レモネードの場合は、液体のなかを空気が上がっていくでしょ。雨の場合は、空気のなかを液体が降りてくるのよ」

まだナミコがしゃべり終わらないうちに、最初の雨粒が小さな特攻隊員のように地表に激突し、ガラクタの破片のごとく砕け散っていった。数秒のあいだに激しい土砂降りとなり、雨はごうごうと音を立てながら木の梢を叩き、草をしならせた。葦の茎が折れ曲がり、空気を引き裂くような水音が、人の手の形をした木の葉の拍手の嵐と混じり合った。地面にできたでこぼこには水が溢れ、ぼくたちの横の湖では突然何千もの目に見えない生き物が水の上で暴れ回り、両足で水面を掻き回しているように見えた。暖まった地面からは白濁した水蒸気のヴェールが立ち上ったが、それはまるで雨粒の打擲《ちょうちゃく》によって目を覚まされ、困惑している幽霊のようだった。無定形の魂のごとく、水蒸気のヴェールは草のあいだで揺らめいていたが、雨粒の軍隊がそれをぼろぼろに引き裂いた。蟬たちは怖じ気づいて沈黙するか、あるいは自らの楽器ではバシャバシャと打ち付ける自然のスタッカートに対抗できずにいた。

ぼくたちの服はたちまちびしょ濡れになり、シャワーカーテンのようにしつこく体に貼りついた。濡れた髪の束がナミコの顔に荒々しくつきまとい、濡れたワンピースの生地は、本来は隠すべきものを厚顔無恥に透かして見せるのだった。ぼくが跳び起きようとすると、ナミコが大声で笑いながらぼくを濡れた草のなかに引き戻した。ぼくたちは激しい取っ組み合いを始めた。一方で雨粒は、ぼくたちが大急ぎで逃げ出さなかったことに失望して我を忘れたかのように、激しく打ちかかってきた。

「さあ、行くわよ！」ナミコは叫ぶと起き上がり、雨を拳で打とうとした。「雨をやっつけるのを手伝って！」

ぼくたちは大声をあげて攻撃に転じた。草地を駆け回り、両腕を前後に動かして雨を叩き、歓声をあげて雨粒を踏みつけた。そして、雨粒がテニスボールみたいに平手で打てるものであるかのように振る舞った。ナミコは笑いながら濡れた地面を両足で踏みつけ、足で拭うような動作をしながら草でできた噴水を踏んだ。水は滝のように流れ、ぼくが笑うたびに、たっぷり一部隊の雨粒がぼくの口を潤した。

「さあ、かかってらっしゃい！」ナミコは雨粒に向かって呼びかけ、腕をぐるぐる回し、しまいにはぼくと衝突した。彼女がつまずいたので、ぼくは手を伸ばして彼女の体を支えた。

ナミコは濡れた体に回されたぼくの腕を感じて、急に動きを止めた。ぼくの背に両手をおき、ぼくの肩に頭をもたせかけた。ぼくは彼女をぎゅっと抱き寄せて、水を滴《したた》らせている彼女の髪の毛に自分の顔を押しつけた。ぼくたちはそうやって動かずに立っていて、しばらくのあいだ相手の体の近さを味わっていた。ぼくはナミコの胸郭がゆっくりと上下するのを感じ、ナミコの指が用心深くぼくの背中で動いているのも感じた。ナミコの体が、濡れてひんやりするぼくの服を気持ちよく肌に押しつけた。ぼくが抱擁する腕に力を込めると、ナミコもそれに応えてくれるのがわかった。やがて、ナミコはゆっくりと頭を上げて反らした。ぼくは彼女の顔を見た。

雨が小さな滝のように細かい線を描いて、肌の上を流れていた。水がナミコの唇を濡らし、鼻の先から滴っている。髪の毛は先の尖った束になってくっつき合い、濡れて光っていた。両目は涙を溜めているかのように光り、鼻翼はかすかに震えていた。右のこめかみの奥では、ほとんど見えないくらいに小さい血管が脈打っていた。まるで、そのなかに閉じ込められた生命がなかから壁を叩いているかのようだ。ワンピースは左の肩からずり落ち、迷子になった草の茎が貼りついていた。ぼくたちは長いこと見つめ合い、黙っていた。抱き合ったまま、ぼくの両目のあいだで行ったり来たりして踊っているような彼女の瞳のなかにゆっくりと押し入るあいだに、ぼくの腹のなかで小さな爆発が起こるのがわかった。雨はあいかわらずぼくたちの体に打ちつけていたが、ぼくはもうそれを感じなかった。ただナミコの目だけを見ていた。その目はぼくに向かって語りかけ、何かを懇願し、非常に痛切なことを伝えようとしていた。口は閉じたままで、顔にもまったく変化はなく、体はほんの小さな仕草さえ示そうとしなかった。

それでも、ぼくはこの瞬間に理解したのだ。

ぼくは、自分が彼女にとって何者なのかを理解した——そして、彼女がぼくにとって何者でありたいと願っているのかを。ぼくたちが出会って以来、彼女のなかに積み上がってきたものがあった。いまやそれが彼女の両目から、雨を通してぼくのなかにまで押し寄せてきたのだ。それを感じ、哀願する両目を見たとき、ぼくは涙が出そうになった。これまでは、彼女のなかに造られてきたものを充分に見定めたり、注意を払ったりしてこなかった。ナミコが自らぼくを見つめてきたこの自発的な瞬間に、これまでぼくのためを思って隠してきたものが、その瞳に映し出されてしまったのだ。

ナミコは、ぼくが日本にとどまることを願っていた。

24

「とどまる」というのは、これからの人生を包含する長い時間を考えると、二十九歳の若者にとっては短すぎる言葉だった。ガイドブックではこの国での振る舞い方のルールと名所の数がほぼ拮抗しているような状態だったから、決断は難しかった。日本では、発見できることもたくさんあるが、気をつけなければいけないことも多いのだ。日本語における尊敬語の使い方についてもその説明はかなり混乱していて、日本人でさえ完璧には把握できていない様子だった。

ぼくはこの間に、日本語の教科書を入手していた――そして、章ごとに新たな問題にぶち当たっていた。女言葉と男言葉の区別があることなど、まだ序の口だ。この国では、生き物と単なる物体とでは数え方が違う。長くて丸いものと平らなものでも違うし、鳥と魚も数え方が異なる。これは面倒だぞ、という予感がした。

ジャーナリストにとって、一番大切な道具は言語であり、そのニュアンスだ。ぼくは日本でどうやったら金が稼げるのだろう？　それに、どうやったら人と交際する際のあらゆるルールを学べるのだろう？　人間的な振る舞いというよりは機械的なマニュアルを思わせるほど、日常生活がエチケットやルールに束縛されている国にとどまれるのだろうか？　そうなると少なからぬ切実さで、ぼく自身の将来に何を期待できるかという問いが生じてしまう。

そして、その将来はどんなふうに見えるのだろう？　ナミコとぼくのあいだに燃え上がったものが、一過性の感情だったとわかったら？　いつの日か、いまの特別な体験が日常に場所を譲ったとき、ぼくたちはそれでも一緒に共通の時間を、すれ違いになることなく過ごせるのだろうか？　長いあいだ同じ家に住むのはすばらしいことだろうか？　何か月か経ったらもう互いが鼻につくようになるだろうか？　あるいは文化的な違いのために破綻するだろうか？　先のことについて考えるのは、そもそもまだ早すぎるのではないか？　それよりも、ナミコが京都での大学生活を終えるまで待ち、どっちみちドイツ語ができる彼女がハンブルクに来たらいいのではないか？　ぼくは日本で友人ができるだろうか？　そして、京都では？　京都の庭園や市内の古い路地は夢のようにすてきだったけれど、故郷や人とのつながりに関しては、ぼくの気持ちはハンブルクと結ばれていた。感情というものは、家具のように簡単には移動させられないのだ。ドイツの家をたたむというのは、一方ではかなり気持ちを不安にさせる思考ゲームだった。

しかし他方では、何かを放棄することを通して豊かさが得られる場合もあるのだ。これまでにナミコと体験したことは、その瞬間の楽しさだけではなく、より多くの深いものを約束してくれていた。彼女についての自分の気持ちを探っていけばいくほど、自分の欲求などは後回しにしても楽しく過ごせるかもしれないということが見えてきた。エヴァはいつも、何かを放棄すればけっして自己実現できないという態度を取っていたが、ときには何かを放棄することでようやく自己実現できるのかもしれない。エヴァにとっては自己実現がエゴイズムの言い換えでしかない場合が多かったが、ぼくはますます、これまではエヴァの考えによって抑圧されていたある認識に到達するようになっていた。控えめに振る舞うことと、自分を否定するのとは違う、という認識であり、それは本来、いまにして明らかになったことではない。そして、ナミコのまなざしはぼくのなかに、自分で自分の責任を取るだけではなく他者とその幸福のためにも責任を取るのはとてもすばらしい贈り物なのだ、という気持ちを呼び覚ましてくれた。そして、このことのために何かを放棄するのは、必ずしも何かを「狭める」とか「籠に閉じ込める」といったことではなくて、一番美しい種類の「自由の剥奪」

ではないか、という気持ちも。つまり、自分を他の誰かのものとして捧げる、ということなのだ。

サリーのカフェで友人たちと赤ワインを飲んで楽しく過ごした晩のあと、ぼくは車をおいて、カフェの隣にあるサリーのアパートのソファで眠らせてもらったことがあった。エヴァとはそのせいで一悶着あったが、彼女自身もその直前に、同僚の男性の一人とアルプスにスキーに行き、同じ山小屋に泊まったりしていたのだ。だが、ぼくにエヴァを批判する資格がないからといって、それだけでその批判が間違っているということにはならない。

あるシチュエーションにおいては、放棄することが他者の期待を満たすことになるのだ——エヴァはそういった現象も、ネガティブに解釈していた。しかし、他者に対して大きな期待を持つこと自体は、基本的に間違っていない。他者の期待を満たしてあげることは、なおさら間違ってはいないというわけだ。

ナミコとぼくが日本のどこかで雨に打たれて向かい合っていたとき、ぼくは彼女の魂から願望を読み取り、この星の上で、ぼくにとってナミコのためにいくつかのことを放棄する以上に美しいことはない、と感じたのだった。

25

「きみのお母さんはどうしてるの？」ぼくは訊いてみた。

ぼくたちは、古くからの芸者街、祇園の小さなレストランで、スープを飲んでいた。

ナミコはぼんやりとスープ皿のなかを見ていて、まるで天然の金塊を試掘するように、スプーンで黄色いコーンの粒を掬った。ぼくたちの周りの音が、急に小さくなったような気がした。テーブルの下でぼくは足を伸ばし、用心深くナミコの足に触れた。

「死んだの」彼女はそう言うと、コーンを食べ、スプーンをスープに入れてゆっくりと掻き回した。そして、野菜のかけらが表面に上がってはまた沈んでいくのを、考え込みながら眺めていた。ぼくは何も言わずに待っていた。

「母は、わたしを産んだときに亡くなったの」ナミコは言って、スープから顔を上げ、小さなほほえみを浮かべてぼくの顔を見た。ぼくも彼女のまなざしに応えた。

「母のお腹は居心地がよすぎたのかしら。いずれにしても、わたしはなかなか出てこなかったの。ようやく出そうになったとき、母はかなりたくさん出血していて、最後にはもう力尽きたのよ。心臓が止まったんですって。ちょうどお医者さんが、へその緒を切ろうとした瞬間だったのよ、わかる？　わたしの最初の産声が、母が聞いた最後の声だったわけ。あまりにも力がなくなっていて、自分に何が起こっているのか、わからなかったかもしれない。父は途方に暮れて母の顔を両手で包んだけれど、お医者さんたちは父を病室から追い出して、何とか母を生き返らせようとしたの。もう一度病室に入れたとき、妻は死に、娘は生きていた」

ぼくは肉団子を飲み込んだ。

「そんなことがあっても生きていけるのは父のおかげよ」ナミコは言うと、まるでぼくの方が慰めを必要としているかのように、指でぼくの手の甲にさわった。「父はわたしを育て、花咲く桜の木や、水音を立てる小川や、きらきら光る星を見せてくれた。そして、秋には色づいた葉っぱを笑いながらわたしにかけてくれたわ。母が死に、自分だけが生きることを許されたと良心の呵責を覚える代わりに、わたしは父の助けのおかげで、母の分まで人生のすばらしい面を見られるようにしてもらった」

ナミコはまた一匙スープを飲むと、肩をすくめた。「結局、一人の人間が、わたしに命を与えるために去っていったということね。父はとりわけ一つのことをわたしに示そうとしたわ。母に関して、わたしには罪ではなく生きる責任があるのだと。そして、わたしという存在は唯一無二のものなのだから、自分を責めることなく、特別に人生を楽しんでいいんだと。父はわたしのなかに、妻の命を奪った人間ではなく、両親の愛の結晶が救われた姿を見てくれたのよ」

「お父さんはいつから公案に興味を持ち始めたの？」ぼくが尋ねると、ナミコはうなずいた。

「あなたの推測の通りよ。母が死んでからなの。そのころから、禅寺に行って、お坊さんたちと話すようになった。父は、『なぜそんな残酷なことが起こるのか？』という、そんな状況のなかで人がよく抱く疑問に対して、答えを見つけられなかった。そして、公案は父が、論理的な説明を求め続け、考え続けるのをやめ、意味を問うよりもむしろ存在を問うことに集中できるように助けてくれたの。父はよく何時間も座禅に参加したわ。ついでにそのころから、尺八も吹き始めたのよ。母のことを考えるから、あんなに集中して演奏できるんだと思う」

「お父さんは、ときにはすごく悲しい気持ちになるだろうね」

「ええ、そうよ。自分の重苦しい記憶にもかかわらず、わたしを幸せな人間に育ててくれたことは、ほんとにありがたいと思う。だからこそ特別に父を愛しているの」

ナミコはありがたそうにほほえむと、スープの最後の一口を直接皿から飲み、まるでスープの終わりが会話の終わりを示すとでもいうように、空っぽの皿をきっぱりとテーブルに戻した。

「あなたにも、特別に愛しているものがある?」ナミコは尋ねた。

「あるよ」ぼくはあっさりと答え、彼女をじっと見つめた。

26

ホテルの部屋のベッドに横になったときには、もう夜になっていた。ナミコはぼくをドアのところまで送ってきて、別れ際に抱きしめていった。

ぼくは掛け布団を首まで引っ張り上げ、繭のなかに潜るみたいに自分を包んだ。そこで変容を遂げ、新しい生き物になってまた出てくることができるかのように。ナミコは重い宿命を体のなかに抱えているのだな、という思いがよぎった。それでも彼女は嘆いたりしないで、人生の悪い面よりも美しい面を大切にしようと決心している。ひょっとしたらぼくもそうすべきかもしれない。そして、自分が日本に残ることになったら生じるかもしれないと恐れている問題は、実は大した問題ではないのではないか、と自問すべきかもしれない。

ぼくたちは、すぐに悲しいことを見つけて嘆きがちで、そうするのを少しばかり愛してさえいるのではないだろうか。もしかしたら物事をネガティブに見るあまり、非常に幸せな状況さえ、言葉でボロ屑のように扱ってしまうのかもしれない。調子がいいときでも、否定的なことを探すのに多くの時間を割《さ》いてしまう。ぼくは、一九六〇年代にこうした傾向のことを「断頭台への殺到」と名づけた作家、フリードリヒ・ジーブルク（一八九三〜一九六四年、ドイツのジャーナリスト兼作家）のことを思い出した。ぼくはどうして、ナミコと生きる決心をした場合に生じうるデメリットのことばかり、気にしていたのだろう？　未知のことに対して不安を抱いていただけなのか、それとも以前から、物事の影の部分ばかり見るという社会的傾向の餌食になっていたのか？

　十八世紀にペシミズムという言葉が発明されたとき、それはまだ、芸術に魅了され、鋭い眼力と、悪について口にする勇気を持った少数の人々のものだった。現代に至って、ペシミズムは単なる悲観主義となったのだろうか？　そして、ぼく自身も悲観的すぎるのだろうか？　的を絞って考えるならば、すべてがジレンマと言えた。ハンブルクに戻るのも一つのジレンマ、京都にとどまるのもジレンマ。その両者のうちどちらが正しいのかわからないというのも、ジレンマだった。

　ぼくは寝返りを打ち、窓の外の空を眺めた。ひょっとしたらぼくはあまりにもいろいろなことを真剣に受けとめすぎて、疑問を抱いたまま生きていくのが難しくなっているのかもしれない。いずれにしても、今日では楽観主義者は単なるお人好しで、悲観主義者の方が有能だと勘違いされがちだ。幸福な人間は、他者におんぶされて幸福になっているだけの怠け者で、自分の利益をちゃっかり手にした奴だと見なされやすい。そんな人間は、いい生活をして自分の栄光の上にあぐらをかいているのだ。展覧会で一枚の絵を美しいと思う者は、この世の不幸に対して心を閉ざしている。その絵をダメだと思う人間の方が、事情通であることを示し、自分の能力をアピールすることができる。そして、簡単にはだまされない人物である、という印象を与えるのだ。批判的な見方ができるということが、成熟のしるしなのだ。結局のところ、子どものときのように目を丸くして世界を渡っていくわけではないし、何を見てもすぐに感動するわけではないのだ。もう、大人になったのだから。

いまでは四十八歳になっているぼくは、二十九歳のときの自分よりも若いのかもしれない。現在では、ペシミスティックな考えが人生の成功の秘訣だとは思っていないし、ペシミスティックに考えていれば根本的に誤った判断を下さずに済むとも思わない。むしろ反対に、人生に明るいまなざしを投げかけることで、いろいろな物事を輝かせることができると学んできた。あら探しすることで能力をアピールできたとしても、それで不幸になるとしたら何の益があるだろう?

ぼくは今日、標準的なレベルのクラシックコンサートを聴きに行き、それを楽しむことができる。いまではもう、できごとのマイナス面をわざわざ探したりはせず、プラス面を見つけようとしている。こんなふうに考え方を変えられるようになったのは、日本に行って、ナミコと出会ってからだ。

あの夜、ぼくはほとんど眠らなかったと思う。ナミコは自分の出生が母の死の原因となったことを、物事の悪い面だけを見ないようにすることを学んで克服できた。古い生命がうわべは悲劇的に終わったとしても、ある意味では新しい生命に受け継がれて続いているように見える。ナミコは自分の存在と母の犠牲をプラスに変え、人生を大いに肯定する、楽観主義と満足に溢れた人間になった。そして、これから起こることにも信頼を寄せている。

それなのにぼくは何日間も、古い人生を新しいできごとによって豊かにするのをためらっている。

突然、自分が哀れな人間に思えてきた。

27

ぼくを最初から魅了したのは、一緒に過ごす時間についてのナミコのアイデアだった。もちろんぼくたちは一緒に食事にも行ったし、テレビの前でのんびりしたり、京都の商店街をぶらぶら歩いたりもした。

でも、それだけではなかった。

ナミコの好きな過ごし方の一つに、ぼくと一緒に公園でベンチに座り、そばを通り過ぎる人々を眺めては、彼らの人生の物語を勝手に空想してみせるというのがあった。ある朝、ぼくたちは一緒に芝生に寝転んで、冷たい緑茶を飲みながら、公園に来た人たちを観察していた。

「あの人を見て！」ナミコが突然ささやき、真っ赤な野球帽をかぶってサングラスを鼻の上にずらした若者を指さした。

「あの人がどうしたんだい？」ぼくは尋ねた。

「恋をしたばかりで、いまから彼女にアタックしようと出かけていくところなのよ。彼が今朝、たっぷり時間をかけてめかし込み、自分の外見を何度も鏡で確かめてきたのがわからない？　彼女に話しかける最初の言葉についても、彼はもちろん何千回も考えてきたのよ。その最初の言葉を彼女に届ける途中なの」ぼくたちは笑った。ナミコは、野球帽の若者の後ろから道沿いに歩いてくる老婦人を指さした。「よく見て。あの人は、いろんな経験をしてきたの。戦争のあいだじゅう夫の帰りを待ち、泣いて泣いて泣き尽くした。別の人と再婚し、二人の子どもをもうけるまでに、長い時間がかかったのよ」

「どこに歩いていくんだろう？」

「息子のところに行くのよ。息子は自分を生んでくれたことを日々感謝するために、毎朝、母と朝食をとろうと待っている。それから、書類鞄を持った、その後ろのビジネスマン。あのなかには、老婦人の家の売却を有効にする書類が入っているわ。家のある土地に、新しいスーパーマーケットができることになったのよ。ビジネスマンはもちろん、老婦人がいま同じ道を歩いていることは知らない。それに彼は、良心の呵責に苦しんでいる。個人的には、老婦人の家をそのままにしておいてあげたいと思っているの。自分の母親も、似たような家に住んでいるからよ」

ナミコは緑茶を飲んだ。老婦人とビジネスマンが視界から消えた。ぼくがまた寝転んで目を閉じようとしたとき、顔に傷やあばたのある老人が急ぎ足でやってきた。ナミコはぼくをつついた。「あの人は、結婚してすぐに戦争に行かなくてはならなかったの。そして、すぐ近くで手榴弾が爆発したのよ。そのあとは、妻のもとに帰る決心がつかなかった」

「どうして?」

「妻を完全に失うのがこわかったからよ」ナミコはその考えに効力を与えるべく、短い間をおいた。「何年も経ったいまでも、彼は毎晩元妻の家の前に立ち、明かりのついた窓から彼女の生活を秘かに覗き見ているの。妻がゴミを出そうと外に出てくると、彼は急いで藪の後ろに隠れるのよ。彼は元妻の娘のことも観察していて、娘が最近こっそり、真っ赤な野球帽とサングラスを身につけた若者と会っているのも知っている。彼がまだ知らないのは、その家がまもなく壊されて、そこに近代的なスーパーマーケットができるということよ」

ナミコにとっては、すべての事柄が魔法のようにつながり合っているのだった。

ナミコの別の遊びでは、ぼくたちは郊外に出かけた。ナミコが両目を閉じて、その場でくるくる回る。それから立ち止まって前を指さし、目を開ける。そのあとはどんな障害が途中にあろうとも、できるかぎりその方向に進んでいかなくてはいけないのだった。ぼくたちは小川を渡り、生け垣によじ登り、球状に丸められた干し草の上に上がり、モーモー言いながら雌牛の群れのなかを突っ切り、密生したトウモロコシ畑のなかを突き進んでいった。「物事をあるがままに受け入れるゲーム」と、ナミコはその遊びに命名した。

ぼくたちは夜、満月に向かって吠えたり、夕方、沈んでいく太陽に向かって大はしゃぎで呼びかけたりしたが、一度もみっともないことをしているとは感じなかった。ぼくたちを見た人が何と言うかなど、ぼくにとっては常にどうでもよかった。重要だったのは、ナミコとぼくが人生から、こんなにもたくさんのすばらしいものを勝ち取れたということだ。

こうして、ぼくが二十九歳で故郷から遠く離れていたときに、知り合ったばかりの女性と一緒に過ごして、一人の人間にできる最高の経験をさせてもらったのだった。

28

あのことがあった日の感覚を、ぼくはいまでも蘇らせることができる。

トラクターでしばらく野原を走ったあと、ナミコは森の外れに駐車し、ぼくたちは徒歩で木々の世界へ入っていった。そこには人が踏みならした道すらなく、ぼくたちは下生えをかき分け、木々の葉の緑を掬い取っては下で空中にばらまいているように見える木漏れ日を楽しんだ。木の枝が折れるパキパキという音が靴の下から聞こえ、驚いた虫たちが羽音を立てながら飛び去り、何羽かの森の鳥たちがピッピとさえずっては、あたりの物音にアクセントをつけた。どこかから、切り落とされたばかりの木材の香りが漂ってきた。

自然が突然思いついたアイデアのように、空き地がぱっとぼくたちの目の前に開けた。森に縁取られ、「月のため息」の庭園と同じくらいの広さの草地が、誰にも発見されていない山の湖のようにひっそりと広がっている。一本一本の草が太陽の光に溢れた緑の海から顔を覗かせ、ほとんどわからないくらいかすかに揺れていた。草地には、花でできた黄色や赤の点が散りばめられている。目に見えない蟬の鳴き声が、ここでも聞こえた。ひょっとしたらぼくたちのあとについてきているのだろうか？

ぼくたちは畏敬の念を抱いて靴と靴下を脱いだ。草地を歩いていくとき、ナミコの手がぼくの手を取った。ぼくの指が彼女の指を包み、わくわくした気持ちが腹のなかに湧き起こってきた。草が足をくすぐっているあいだに、ぼくたちの腕が触れ合っている。その感覚は、次第に強くなっていった。

二人とも、これから何が起こるのかを承知していたと思う。その予感が、まるで近づいてくる春のように、もしくはいまにも到着しそうな友人を待つときのように、空中に浮かんでいた。空き地のまんなかで、ぼくたちは互いに向き合った。ぼくはナミコのもう一方の手をつかんだ。ナミコはぼくの指のあいだに彼女の指を入れ、じっとぼくの目を見た。ぼくたちの振る舞いが、たった一つの大きな「イエス」を叫んでいた。彼女の顔がぼくの顔に近づいてきたとき、ぼくは突然、一つになるというのがどういうことか悟った。

ナミコの唇を感じて、ぼくは自然に目を閉じた。その唇は、絹のスカーフで触れるように柔らかくぼくの唇に寄り添ってきて、その控えめな接触の魔術が、ぼくの頭からあらゆる思考を吸い取り、ぼくはただそこにあるだけの存在になった。彼女の唇が興味深そうに少しだけ開くと、ぼくはトランス状態に陥ったようにそれに応え始めた。彼女の鼻がやさしくぼくの鼻を擦っているあいだに、彼女の両手はぼくの手から離れた。とてもゆっくりと、その両手はぼくの体に沿って動いていった。胸から首へ、そして最後には首筋と髪の毛に、彼女の指を感じた。ぼくたちの唇は互いに官能的な動きをし、ほとんど触れ合っていないかのように、スローモーションで動いていた。ぼくは片手を彼女の髪の毛のなかに入れ、もう一方の手で背中を撫でさすった。彼女の体がぼくの体にぴったりとくっつき、ナミコの近さを感じると、ぼくの心臓は喉まで届きそうに鼓動し始めた。ぼくはナミコが震えているのに気づいた。

ぼくはこれまで、一度もこんな瞬間を経験したことがなかった。ナミコのキスには現在の感情だけではなく、過去二、三週間のあいだにぼくたちが一緒に体験したすばらしいことの記憶も含まれていた。ぼくは彼女の両手と、そっと撫でてくれる指を感じたが、一緒にトラクターに乗ったあのナミコの腹、ぼくに漢字を説明してくれたあのナミコの胸、謎めいた庭園を一緒にこっそり忍び歩きしたあのナミコの下半身なども感じた。

そうやって立ったままキスしていると、世界がフェードアウトしてしまうような気がした。

もう何もなかった。草地も、木々も、エヴァも、ハンブルクも。ただナミコとぼくだけがいたが、そのことさえも確かではなかった。この瞬間、ぼくたちだけが世界で唯一の生物だったのかもしれない。

どうしてまだ呼吸することができたのか、ぼくにはわからない。どれくらい長い時間、彼女のやさしく動く唇と、ぼくにくっついてくる体のほかには何も感じることができずにいたのかも、ぼくには言えない。どうやって数時間後にまた理性を取り戻せたのかも謎のままだ。ナミコがプレゼントしてくれた、ぼくを刺し貫くような肉体の近さが、今日振り返ってみると、そのキスの瞬間までぼくはほんとうの意味でキスしたことがなかったんじゃないか、という疑念を起こさせる。ひょっとしたらそれが松の木の秘密なのだ。待っていることで、物事は濃密になるのだ。

ナミコの愛撫には特に目的がないようだった。彼女のキスは一つのキスに過ぎず、それ以上のことを準備してはいないように、少なくともぼくには思えた。そのキスは、人がメインディッシュのためにテーブルに場所を作ろうとして、ちゃんと味わうこともせずに急いで平らげるオードブルの皿とは違っていた。

ナミコの吐く息がぼくの肌を撫でていった。彼女の顔の前に垂れている髪の束が、ぼくの頬をかすめた。ナミコの顎が動き、彼女の指がぼくの髪から離れて、静かにぼくのまぶたや鼻の頭を撫でるのを感じた。

ぼくたちが草に腰を下ろすまでに長い時間が過ぎた。ぼくは用心深くナミコの上に屈むと、また彼女の口を探した。ナミコはぼくを抱きしめて、引き寄せた。ぼくの唇は彼女の唇から離れ、上唇と鼻のあいだに触れてから、彼女の右の鼻翼、閉じた目を越えて、こめかみまで移動していった。ナミコが小さく喘いだ。ぼくの口はさらに移動を続け、耳のそばを通り過ぎて首の脇を下がり、首の根元の小さな窪みまで到達した。

ナミコの両手が至るところに触れているようだった。彼女の全身がぼくの全身と触れ合って摩擦しているのを感じた。空き地の静寂のなかで、彼女のワンピースの衣擦れの音が聞こえた。ナミコのむき出しの両足がぼくの足に触れ、ぼくがキスしながら彼女の首筋を通って顎を越え、唇まで戻ったとき、ナミコがぼくのシャツのボタンを二つ開いて、隙間から手を入れてきた。ぼくは彼女の指を肌に感じ、めまいと興奮の渦に襲われて我を忘れた。

29

それはあたかも、重力がなくなり、新しい自然の法則が支配する空間で、どんどん上に落ちていっているような感覚だった。草地でのキスはぼくの記憶のなかで一つの始まりではあるが、そこには終わりがない。でも何かがぼくたちをとらえ、目に見えない振動を与えてナミコのアパートまで運んでいったに違いない。ぼくの思い出が次にフェードインする場面では、ぼくたちは抱き合っており、長いあいだ見つめ合っている。ぼくが何も言わなかったのに、ナミコがやがて小さな声で「わたしも」と言った。

ぼくの両手がナミコの首の横を撫でていき、肩を通りながらナミコのワンピースの肩紐を取る。ささやくような音を立ててワンピースはナミコの肌の上を滑り、裸の両足のそばで、布からできた花になる。彼女の肌に触れているあいだ、注意深い畏敬の念がぼくのなかに溢れ出してきた。その気持ちが、ナミコを愛していることをあらためて教えてくれた。ぼくの指はナミコの顔を、そこにあるのが信じられないとでもいうようにまさぐり、それからゆっくりと顎、首へと下りていった。ナミコはそのあいだ、ささやくようなキスでぼくの口を愛撫し続けていた。彼女の手がぼくの服を脱がせた。それからぼくたちは、ナミコのベッドに潜り込んだ。ナミコは好奇心に溢れてぼくの体に触れ、ぼくを愛した。ぼくたちは一晩中、外側に溢れ、内側を満たす、そうした接触を感じながら過ごした。ナミコは完全にぼくのなかに入り込み、彼女に触れると、まるで自分自身の肌に触れているような気がした。セックスをしてめまいがするのは初めてだった。小さな黒い点がくりかえし目の前で踊るのが見えた。ぼくたちは小さな宝箱を開けたような感じだったが、その箱のなかには不思議なことに、もっと大きい箱があるのだった。

ナミコがすばらしく濃密な感度を備えているので、彼女を愛撫しながらぼくはますます興奮していった。ナミコは喉が渇いた人が水を飲むように、ほんの小さな一口にも満足を見出し、ぼくは自分が救済されたように感じた。人に何かを与えることができるというのは、うっとりするようなことだ——だがそれ以上に夢中にさせてくれるのは、相手が受け取ったり、許したり、自分を投げ出したりして、ぼくを信用してくれる場合だ。ナミコとぼくは、時間のない夜のなかを落下していき、そこには上も下も、自分も相手も、昨日も明日も、つかまるための手すりもないのだった。その代わり、そこにはたくさんの答えがあった。問わずとも与えられる答え、ほんとうの偉大さを持つ何千もの小さなことがら、ふさわしい瞬間に与えられる、たくさんの優しいほほえみ。スローペースと官能、相手とともに、相手のために。すべてが遊戯的であると同時に、ただの遊びには終わらなかった。

ぼくたちはその夜、ずいぶん遠いところまで行った。ぼくは、自分のこれまでの限界を広げなくてはいけなかった。というのも、触れられる場所は突然、体よりもずっと大きくなっていたからだ。

ぼくは、首筋へのキスがナミコをほとんど狂わせてしまうのを発見した。そうなると彼女は、膝裏に当てられたぼくの手を、互いの両足を絡め合うための要求と解釈してそれに応えてくる。そして、ぼくが彼女の右の骨盤の寛骨の窪みにキスすると、突然注意を集中させ、ほとんど絶え絶えになっている息を止めるのだ。ナミコにキスしながら、親指で耳の後ろを撫でてやると、爪弾かれたチターの弦のようにぼくの腕のなかで体を震わせることも発見した。ゆっくりした動きが彼女をもだえさせ、穏やかさが彼女を激しく興奮させるのを感じた。閉じた両目と少し開いた口は、彼女が触れ合いをとりわけ凝縮して感じ取っているしるしだった。ぼくは、ナミコの頭がぼくの肘の内側に、まるで測ったかのようにぴったり合うことも発見した。彼女の髪の毛がぼくの肌にはガーゼのように感じられること、そしてぼくたちの動きが、鼓動する心臓の左心室と右心室のように、ぴったりと調和していることも。

ナミコはぼくにとって、いままでとは違う動き、違う感じ方をし、ぼく自身を何か別のものに変えてしまう魔法の存在のように思えた。ぼくたちの関係はこの夜、あらたな変貌を遂げ、ぼくたちだけが分け合うより多くの信頼と秘密とに支えられて、世界のどんな裂け目でも飛び越えていけるような強い翼を得た。この夜、ぼくはもう二度と別の女性とはセックスできないと確信した。それは圧倒的な感覚だった。ぼくたちはこの夜、セックスの本質を、形を超えるものにまで高めたのだと思う。だからこそぼくは突然、体のいろいろな部位への接触をすばらしいと感じるようになったのだが、それはどんな生物学の本にも性感帯として挙げられてはいないような箇所だった。ナミコが唇を半ば開いたまま、感じられるかどうかぎりぎりの接触を保って口でぼくの首をたどっていくと、ぼくのなかに大変な興奮が湧き起こった。彼女の指がぼくの指のあいだに滑り込むだけで、頭がぼうっとしてきた。彼女の爪先がぼくの足に沿って動いていくだけでも、陶酔を感じた。そして、ナミコの唇が、熱い飲み物でも啜るように注意深くぼくの耳に口づけするだけで、胸の鼓動が速くなった。

そのあと、薄暗いなかで横たわっているとき、ぼくは公案を思いついた。

月を眺めながら挙山が問うた。「細い三日月になるとき、月の丸みはどこへ行くのか?」

石室が答えた。「月が細いとき、それにもかかわらず丸いのだ」


月をほんとうに特徴づけるもの、際立たせるもの、月を月にするものは、その形ではなく本質である。目に見える部分ではなく、隠されているものなのだ。

ナミコはぼくが何か考えているのに気づいたようだった。彼女の指は穏やかに、上下するぼくの腹の上をたどっていき、まるで触れると怪我をするとでもいうように、注意深くさわっていった。

「どうしたの?」

「人はときどき、贈り物そのものよりも、それをくれた人のことを強く感じるものだと考えていたんだよ」ぼくは言った。「その人のことを激しく愛している場合にはね」

「わたしを激しく愛してるの?」

ぼくはほほえんだ。

「すてき」と彼女は言い、ぼくにほほえみ返した。「それなら、いろんなことが可能になるわ。

特定の部位に触れることは、誰でもできる。でも心には、誰もが触れられるわけではないのだから」

30

ぼくたちの新しい親密な関係を祝うために、週末にもう一度、泊まりがけで石垣の海に行こうと提案したのはナミコだった。最初のキスと最初に過ごした愛の夜をそのまま流してしまうのではなく、画期的なできごとがあった場合の祝いごととして記念するとは、なんとすばらしいアイデアだろう。結婚するとき、あるいは新年を迎えるとき、誰もが何か新しいことが始まるのにふさわしい仕草でそれを祝うものだ。

それと同時に、細かい砂が指の隙間から落ちていくように、日本で過ごす日々や時間が残り少なくなっていくのをぼくは感じていた。遅かれ早かれ、決断を下さなければいけない。分岐点で「ストップ」のキーを押し、どの道を進むべきか決心できるまで人生が親切に待ってくれるわけではない、いつまでもこんな状態でぐずぐずと心を決めずにいることは、できない相談だった。

そして、雨のなかでナミコの目を見、彼女と夜を過ごしてからは、良心の呵責がぼくを苦しめていた。彼女のためにも、きちんと決心すべきなのだ。

ナミコは石垣島で、海のそばの小さなアパートメントを手配していた。畳があり、障子があり、浴室には木でできた大きな湯船があった。玄関ドアの横には古い釣り竿がおかれていたので、ぼくは週末のあいだに何匹かの魚を釣って自分で料理しようと思った。ぼくたちは荷物を下ろし、楽な服装に着替えて海辺に行った。

太陽が輝いているときには、石垣の海岸をかすめていく太平洋の水は、深い、魔法のような青に染まっている。ほとんど波を立てずに、一本の線となった水が真っ白な砂に乗り上げては、また静かに引いていく。水平線では、海が区切り目なく空とつながっている。目を凝らして見たときだけ、そこに細くてぼんやりした境界線があって、水と空が混じり合うのを防いでいるのがわかる。

ナミコとぼくは、素足で海岸をぶらぶら歩いていった。溶岩が粗い石の裂け目から溢れ出てくるように、足の指のあいだから砂が出てくるのがわかった。ぼくたちは糊でくっついてしまったかのように、ぴったりとくっつき合っていた。ほとんど一日中、時間を無駄にしているなどと考えることもなく、ぼくたちは海岸に沿って歩いていった。ときおり立ち止まってキスすると、唇は塩の味がした。

夕方になると、ナミコが「グリュック《しあわせ》」という名前の小さくて居心地のいいレストランに連れていってくれた。そこは女の人が娘さんと一緒に経営していて、ぼくたちは天国の庭にいるようなすてきな食事をした。注文したのは小皿や小鉢に入った料理だったけれど、どれもが絶品の日本料理で、その繊細な味わいが控えめに、穏やかに、口のなかに広がっていった。刺身を食べると、自然の香りがして、ぼくはとても気に入った。ナミコはいくつかの、味以上に舌触りが重要な料理を注文した。お店をやっている二人の女性は興味深そうにぼくたちのそばに座り、娘さんが何度かドイツに行ったことがあるという理由で、ナミコとぼくは石垣の典型的な織物でできたテーブルセンターをプレゼントしてもらった。長い年月が経ったいまでも、このテーブルセンターはぼくのダイニングテーブルの上にある。まるで、過ぎた日々からのメッセージのように。

ぼくたちは夜遅く店を出て、アパートメントに戻った。ナミコは浴室のドアを半分開けたまま、木の湯船で風呂に浸かった。ときおり、ぴしゃぴしゃと水音が聞こえた。重たい湯気が浴室から出てきて、拡散していった。赤みがかった黄色い光が湯気を通して輝き、浴室のドアに神秘的な門のような魅力を与えていた。理性の手が、恐怖に駆られて人をその門の前から遠ざけようとするのに、どうしてもそこを通っていきたくなってしまうのだ。向こう側で何が待っていようともかまわない。未知の世界から戻ってくることができないとしても、それでも通りたくなる。ぼくは、こちらを誘うように開かれた、湯気でぼんやりとかすむドアの隙間を眺め、さっさと服を脱ぎ捨ててナミコのもとへ、熱い湯気のなかへ、入っていく自分を想像した。湯気はドアの向こうで、熱く、あるいは心地よく、ぼくを包むだろう。

ようやくぼんやりとした光のなかから湯気を通って出てきたナミコは、一枚のタオルを腰に巻いただけの姿だった。白い霧は、彼女の体がそこをくぐり抜けると四散してしまった。ナミコは髪を上げて一つにまとめていて、それがとても女らしく見えた。肌は熱い風呂のあとでなまめかしく熱を発し、まるで体内に誰かが火をつけて、それがくすぶっているかのようだった。体中に水滴がついていたが、その輪郭は弱々しい光のなかでぼんやりとしていた。ナミコが部屋のなかに運んできたうっとりするような香りは、収穫したばかりの果物を思わせた。彼女は布団のところに行くと、優美な体にシンプルな浴衣を身につけた。ぼくは秘かに、彼女が彼女であることに感謝した。

そのすぐあとで、ぼく自身も湯気のなかを掻き分けて、浴室のドアを通っていった。ナミコはぼくのために、湯船に熱い湯を残してくれていた。湯がぼくの体を心地よく包んでくれたとき、ぼくは湯気で霞むドアに目を戻し、自分はこの瞬間にぐっと成長したのかもしれないと思った。

31

その夜、奇妙な夢を見た。

ぼくはハンブルクの路上を歩いていて、やがて自分の住居の前についた。用心深くドアをノックし、開かないので力いっぱい拳骨で木のドアを叩いた。なかからはぼくの不機嫌な声が聞こえてくる。疲れた足を引きずる音がし、ドアの向こうで誰何《すいか》するのが聞こえた。自分のところに戻らせてくれよ、とぼくが大声で言う。しばらくのあいだ何も起こらなかったが、やがてゆっくりと、ドアが細く開いた。ぼくは自分の顔を見つめ、頭を振って、もう一度、自分に戻りたいんだと言った。ドアはいっぱいに開き、ぼくは家のなかに足を踏み入れたが、一人きりだった。ぼくの背後には人気《ひとけ》のない通りがある。ぼくは振り向かずにドアを閉めた。

一瞬知覚が歪んで夢と現実との区別がつかなくなった状態で、ぼくは目を覚まし、目を開けた。寝ぼけ眼で天井を眺め、ナミコが静かに呼吸する音を聞き、目覚まし時計がぼくの人生をカウントダウンしているのを耳にした。さらさらと流れていく時間から逃れるすべがないのは奇妙なことだな、という考えが頭をよぎった。日本にいても、時間を忘れてしまいそうな恋愛のさなかでも、実は逃れられない。いつもどこかで時計は時を刻んでいるのだ。

窓を開けていたので、外から蟬の鳴き声が聞こえてきた。数時間前にはヨーロッパで見えていたのと同じ月が、いまは日本にあって部屋を照らしていた。まるで、故郷からの便りを届けるように。そして、空中の小さな埃を粉砂糖のようにきらめかせた。三日月のときも満月のときも太古からの旅行者である月は、ここではぼくの仲間だった。月は昔からの知人であり、人がどこへ流されていこうと、いつも出会う相手なのだ。月はストイックに、犬のように忠実についてきてくれる。月は自分自身の顔のようになじみ深い。月は黙って人を空から見つめ、ただ相手の存在を認めるだけで、けっして非難することはない。良心の呵責に苦しむ瞬間には、月の沈黙が父親からの非難のように感じられるかもしれない。月の表面に顔が見えると思う人が多いのも不思議はない。ひょっとしたら、自分自身の顔を、数十万キロも離れていながらこれほど身近な天体のなかに見出しているだけなのかもしれない。「きみはどうしてそんなことができるんだ?」ぼくは小さな声で問いかけ、疲れた目をこすった。

ぼくは横を向いた。ナミコはぼくに背を向けて眠っていた。彼女の黒髪が白いシーツの上でくっきりと際立ち、月の光に照らされて青い輝きを帯びていた。ナミコは掛け布団を首まで引っ張り上げ、不規則な感覚で大きく息を吸い込んでいた。まるで何かに驚いているみたいだ。ちょうど夢を見ているところなのかもしれない。

ときにはちょっとした仕草が胸を打つことがある。それは食事のときにフォークを動かす仕草かもしれないし、本のページを折る仕草だったり、髪をとかす仕草だったりするかもしれない。ドアの鍵を開けたり、上着を脱いだり、眼鏡の端から向こうを眺めたりする様子かもしれない。あるいは、テレビを見ていて小さくほほえんだり、散歩の途中で松ぼっくりを蹴飛ばしたりするところかもしれない。目を丸くし、驚いてプレゼントを開ける仕草かもしれないし、相手の肩に手をおく仕草かもしれない。笑いながら雪の球を投げつける様子。寝ながら静かに息をする様子。ほんの小さな、ささやくようにかすかな仕草が、人を突然ときめかせたりするのだ。

月は、太陽から光を受けて輝いている。ひょっとしたらぼく自身も一種の月で、太陽の近くにいる方がいいのかもしれない。

「自分に戻るためにはどこに行くべきなのか？」ぼくはささやき、期待を込めて黒い髪を眺めた。数分後、ナミコが頭を少し動かし、髪の束が枕をそっと撫でていった。彼女の体の上の布団がさわさわと音を立て、ナミコはひゅーっというくぐもった音を出してから、静かに呼吸するようになった。何かが切なくぼくの胸を刺した。

32

翌朝、ナミコは朝食後、窓際に腰かけ、大学に提出するレポートを書いていた。足を折り曲げて椅子に座り、華奢な指がラップトップのキーを叩いている。

ときおりナミコは、ぼうっと窓の外に目をさまよわせ、新しい思いつきに適切な言葉を与えるために、一人でつぶやいたりしていた。文章を書くナミコは、一つ一つの文章を世に送り出すという点では、赤ん坊を産む母親のようだった。「それぞれの文章が、小さな分娩のようなものよ」ほほえみながら、そんなふうに言ったこともあった。

ぼくは上着を着て、釣り竿をつかむと小雨のなかに出ていった。雨のせいで、昨日は出ていた太陽も追いやられてしまっていた。ぼくは肩をすぼめて、霧のなかを海辺まで進んでいった。海辺の空気には、靄と雨粒がじめじめと混じり合っていて、人生そのもののように不明瞭だった。短時間のうちに服が濡れてきたのがわかった。ぼくは、海に突き出している木の桟橋を歩いていった。風と闘いながら釣り針を投げ、溶岩のように押し寄せては砂のなかにしみこんでいく、白く泡立つ波を見つめた。世界は色彩を失い、荒涼とした無彩色に包まれていた。憂鬱がぼくの心をつかもうと襲ってきた。ぼくはそれに抗いながら、湿地と水気と悲しみに向かってほほえんでいた。

最初に釣り針にかかった魚は、二人が食べてお腹いっぱいになるだけの大きさだった。それで、ぼくは釣り竿を抱え、浜辺に沿って歩いていった。すると、打ち捨てられた木のボートに行き当たった。ぼくは魚を砂の上に置き、海を眺めるためにボートの端に腰かけた。霧のなかをこの方向にずっと泳いでいったら、とぼくは考えた。そうするとまず台湾の海岸に着き、台湾の向こうはまた海で、それから中国、そして中央アジアになるのだろう。そして、日本海を泳ぎ切れたのならきっとカスピ海、そのあとは黒海も、がんばれば泳いで渡れるだろうし、ルーマニアとハンガリーとオーストリアを横切って、そうしたらドイツだ。

物音がして、ぼくは頭のなかの旅から我に返った。砂の上で足を引きずる小さな音が、ぼくに近づいてきた。一人の人物が片足を引きずりながら脇からやってきたが、きょうの悪天候がその姿の詳細を隠してしまっていた。大きな黒いコートを着て、巨大なソフト帽を頭に載せている。その人物が左足を前に出そうとするたびに体が下に沈み、片足が短いのだろうと見当がついた。黒いコートが風でスローモーションのようにはためき、その人はまるで、濁った海を悠々と泳いでいく巨大なエイのように見えた。

その人物は水を滴らせる雨のカーテンを掻き分けてまっすぐこちらに向かってくると、重い息をつきながら古い木のボートの端の、ぼくの隣に座った。

「こんにちは」とぼくは言った。その人物はもったいぶってためらってから、巨大な帽子をちょっと持ち上げた。まるで、重大な秘密を打ち明けるとでもいうように。帽子の下から老人の顔が現れたが、その顔はぼくに向かって歯のない口でにやりと笑い、ぼくの魚を指さすと熱心にうなずいた。

「いい魚だな！」彼はしゃがれ声でがなり立てた。「遠くから来たんだろうな」どうやらその男は漁師のようだった。

「残念ながら日本語はかなり下手なんです」とぼくが言うと、老人は慰めるようにぼくの肩を叩き、気にするな、という仕草をした。

「そんなのオーケー」彼は英語と日本語を大胆に混ぜながら言った。「できないってことは、これから習えるってことさ」

それから彼はびっくりしたように言葉を切り、一人でにやりとした。

「いいこと言ったな！」彼はそう言うと、大きな声で笑い出した。ぼくも一緒に笑い、たしかに彼はたった一つの文で思考を逆転させたな、と思った。

「あと百年やれば、日本語がかなりうまくなるでしょう」ぼくは請け合った。

「ふむ」と老人はつぶやき、耳を掻いた。「日本に住むつもりかね？」

「それが、わかんないんですよ」

「やればいいじゃないか！」

「どういうことですか？」

「やってみるのさ。ここに住みたいと思う理由はあるのかね？」

「ナミコという名前の理由があります」

「ふむ、そうかね。その人には、二つのきれいな目のほかに何かあるのかね？」

「ええ。二つの心です。彼女の心とぼくの心」

「いいこと言ったな！」老人は言うと、賞賛するように膝を叩いた。「あんたはどこから来たんだね？」

「ドイツです」

漁師は指でぼくの頭を叩いた。

「このなかに不安があるんだな」彼は目をパチパチさせて、試すようなまなざしをぼくに向けた。

「日本にとどまることについて？　ええ。たくさんのことがぼくの国とは違いますからね、おわかりですか……」

「魚を見ろ！」

「魚？」

「魚だ！」

「魚がどうしたんですか？」

「死んでる」

「そうですね」

彼の言うとおりだ。慣れ親しんだ水から引き上げられたら、ぼくも生き延びられないのではないかと恐れていた。

「でもあんたが魚だったときから、ずいぶん長い時間が経っている」と、漁師はぼくに考えさせようとした。

「ぼく？　魚？」

「ずっと前のことだ」と漁師はくりかえし、共謀するように片目をつむってみせた。「四億年前だな」

ぼくはほほえみ、海を見渡した。

「それからたくさんのことが起きた。過去があんたに与えてくれたことを活かすんだな」ぼくの横の声が提案した。ぼくは視線を落として自分の足を見つめてから、漁師に向き直った。

「それでもぼくの日本での歩みはふらふらしています」ぼくは言った。「故郷の方が、うまく人生を送れていました。こちらに引っ越すのは、ほんとに意味があるでしょうか?」

「何が望みなんだ?」老人はうなった。「意味を生み出したいのか?　それとも存在か?　いいこと言ったな!」

ぼくたちはしばし無言で、霧がゆっくりと晴れていくのを見ていた。「自然は、もくろみのなさとも関わっているのよ」と、ナミコは実家の庭で言ったものだ。

「わしは八十七歳だ」と漁師は言葉を継いだ。「そこには利点がある。物事にはいつも目的がなければいけないわけじゃない、と知っているんだ。わしの足を見なさい。短すぎるんだ。そこには意味はない」

「ふむ」

「発見したんだ。この足の方が、健常者の足よりもうまくできることもあるとな」

「何ですか？」

「両足で意味を踏みにじることだよ」漁師は答え、また笑った。

おもしろい考えだ。だが、観念的でもある。人生はそんなに簡単だっただろうか？　何年ものあいだ言語をきちんと理解できず、次から次へと問題が持ち上がってくるなかで、ぼくは自分の存在だけを抱えてそれを乗り越えていけただろうか？

「それでも」とぼくは言った。「日常生活を送らなければ。それだって大変なことです」

「だが生命は、成長するためにどの道をたどったのか？」

ぼくは怪訝そうな顔で相手を見た。

「簡単な道ではないでしょう？」ぼくはしまいに言った。

彼はうなずいた。「何が必要か、わかるかね？」

「何ですか？」

「熟練だよ」

「熟練？」

老人は息を弾ませ、またぼくの魚を指さした。

「こいつの子孫なんだ。あんたが過去から持ってきたものが、あんたを豊かにしてくれる」

「豊かに?」

「可能性が増えるということだよ」

彼は片手で、トカゲが歩くときの左右にうねるような動きをまねてみせた。

魚の子孫は両生類と爬虫類だ。彼らは地上を歩き始めたが、彼らの足は体の横側の、以前だったら魚のヒレがあったところについていた。がに股だ! はっきり言って、自然の思いつきとしてはかなり愚かしいことだ。だってこんな足では、地上の最初の生き物は小さな一歩しか刻めないからだ。漁師はどういう結論を出したかったのだろう? 棒杭のようながに股の足は、熟練の象徴とはいえないだろう。ぼくは困惑して彼を見つめた。

老人は片手で、いまだにトカゲの動きをしているもう一方の手を指さし、励ますようにうなずいた。「わかるかね?」

魚の子孫たちは新しい生活圏での困難を克服するために、単純だけれど効果の大きいトリックを考え出していた。全身を左右に動かすことで、自分の歩幅を大きくしたのだ。彼らは蛇行していた!

ぼくはほほえみ、同じように片手で波状の動きをしてうなずいた。漁師は満足そうにうなった。

「よりによって地上の最初の生き物たちが、かなり無意味な足をしておったんだ」彼は言った。「先に進むには、足ではなく想像力があればよい。いいこと言ったな！」

別のことがぼくの頭に浮かんだ。鯨たちは地上に住む哺乳動物として進化したのに、水のなかに戻り、両足をまたヒレに変えてしまったのだ。この道は違うとわかれば、そこを離れていくことも可能なのだ。日本でそういう道を試すことを妨げているのは、実際のところ何なのだろう？　ぼくは何を失うというのだろう？

ぼくたちはまた沈黙した。しばらく隣に座って波を眺めたあとで、老人はまたぼくを一人にして立ち去っていった。

「ぼくは、ここだ」アパートメントに戻ったぼくはナミコに言った。しかし、彼女がぼくを正しく理解したかどうかはわからない。

いいこと言ったな！

33

この夜、ぼくはあまり眠れなかった。

夕食にはぼくが釣ってきた魚を食べた。そして、夜になるとお互いのなかに深く埋没し合った。ナミコが眠ってしまったあと、ぼくは長いこと、漁師が言ったことについて考えていた。翌朝目覚め、ナミコがベッドでぼくの横に寝ているのを見たとき、ぼくという存在が一種の再生を経験したことがわかった。

日光が外からナミコの体に注いでいた。紙を貼った窓は、まだ半ば夜にとらえられて眠っているナミコと、新しい一日のまばゆい光とのあいだで、思いやりに満ちたフィルターになっていた。ぎらぎらする光も紙を通して穏やかになり、暖かい光に浸かったナミコはさらに魅力的に見えていた。うつぶせで、顔をこちらに向けている。黒髪の束がいくつか、閉じた目の上に垂れている。唇は動かなかった。穏やかな表情だったが、その奥でまだ何かがきらめいていた。彼女の内部から柔和さや気楽さ、それに世の中のあらゆる不均衡を均《なら》してしまうような寛容さが滲み出ていた。ナミコの呼吸はほとんど聞こえないくらいだった。掛け布団が少しずり落ちて、彼女のむき出しの肩が見え、背中の一部がゆっくりと上がったり下がったりしているのがわかった。顔の横に左手が布団から突き出していて、リラックスしたように指を広げ、手の甲を上に向けていた。ぼくたちは前夜、息を切らせ、無重力のなかで動いているかのように夜のなかを漂ったのだったが、その夜がナミコの布団のなかにはまだ隠れていた。

ぼくは前屈みになり、用心深くナミコの肩にキスした。彼女の手の指が緩い拳骨を作った。彼女は体をゆっくりと動かし始めながら「うーん」と小さくうなり声をあげた。布団がかさかさと音を立て、神経質な海面のように動いた。ぼくは彼女の顔の前に頭を横たえ、彼女の両目が開いて口がほほえみの形になるのを見ながら、愛情が自分に力を与えてくれるのを感じた。

ぼくは彼女の髪を顔から払うとキスをして、彼女の布団のなかに潜り込んだ。

「こんにちは、お寝坊さん」ぼくがささやき、彼女はぼくを抱きしめた。

「こんにちは、怪獣さん」ナミコは答えてくすくす笑った。

彼女の指先が、ゆっくりとぼくの背骨をたどった。

「セックス怪獣は、おもしろい頭の使い方を思いついたぞ」とぼくは言うと、彼女の髪に顔を埋めた。

「そのようね」彼女は答えて笑った。

「くだらない話はやめよう！　ぼくが言いたいのは――理性的な決断をするために、人は頭を使えるということだよ。ジャムのときと同じようにね」

「ふーん」

「ただ残念なのは、ジャムが頭ではなく、腹で消化されるってことだよ」

ナミコの指が止まるのがわかった。

「つまり頭は決断を下すけど、その責任を自分でとるわけではないんだ」

ナミコは黙っていた。

ぼくの喉には塊が引っかかっていた。ぼくはナミコの髪から顔を引き離し、彼女を見つめた。彼女の目は輝いていて、ぼくが言おうと思っていることを彼女がとっくに知っているのは明らかだった。

「きみがぼくと一緒にやってくれること、きみが言うことや感じることは、ぼくの腹に入っていくんだ。だからぼくは、頭を使わないやり方で頭を使っているんだよ。頭には決断できない。決断すべきでもないんだ」

ぼくはゴクリと唾を飲み込んだ。

「京都できみのそばにとどまったとしても、何も失うものはないのがわかった。ハンブルクに戻ったら、ぼくにとってほんとうに意味のあるものをすべて失うことになるだろう。それはきみだ」

ナミコは何も言わなかったが、呼吸が軽く乱れ、顔にはたくさんの美しい表情が読み取れた。

「だからぼくは、きみのこれから先五十年間の予定がまだ埋まってないといいな、と思うんだ」

34

数日後、ぼくはハンブルクで飛行機から降り立ち、深呼吸した。飛行機での移動は十五時間もかかったけれど、爽やかな北ドイツの外気のなかに出ていくと、エコノミークラスに押し込められたせいで死体のようにこわばっていた体の節々も、あっというまに楽になった。飛行機での最後の数時間は、ナミコの頭がぼくの膝の上に載っていた。ぼくはくりかえし、彼女の髪の毛をそっと顔から払ってやった。

またハンブルクにいるのは、奇妙な気分だった。ほんとうは一週間だけアジアに旅する予定だったのに、それが四週間になったのだ。ドイツ語を勉強するためにすでに何度もドイツに来たことのあるナミコは、片手でスーツケースを引っ張り、片手でぼくにしっかりつかまっていた。ぼくが彼女から逃げて自分の過去のなかに戻ってしまうのではないかと、少し不安がっているみたいだった。ぼくは、正しい決断をし、それを実行に移そうとしていることを心から誇りに思った。

強くなった気がした。

タクシーでアパートに行った。ぼくは財布から鍵を取り出し、鍵穴に差し込んだ。ぼくたちは黙って目を見交わし、ナミコはぼくの腕をぎゅっとつかんだ。それからぼくは鍵を開け、ナミコは初めて、ぼくが生活していた世界に足を踏み入れた。

突然、すべてがまた目の前に現れた。酒飲みのヘミングウェイや、離婚したミラーや、鯨殺しのメルヴィルなどの本が並んだ本棚。からからに乾いたひまわりの花、スクーターの鍵、そしてもちろんぼくのしわくちゃのソファー「ミスター・マッソー」。「ミスター・マッソー」は短すぎる足のせいでいつも少しがたがた揺れる。ちょうどあの年取った漁師のように、あるいは不細工な両足が体の横についた最初の陸上生物のように。まるで不在の期間などなかったかのように、ソファーの前のローテーブルにはテレビのリモコンがおいてある。日本に出発する前、旅行の準備が早く終わったので、時間をつぶすために「ミスター・マッソー」に座ってテレビを見たことを思い出した。キッチンの棚には、帰ってくる日のために買ったカリフォルニアの赤ワインのボトルもおいてあった。

ナミコは部屋のなかを歩き回り、あちこち眺めて、両手でぼくの本の背に触れたりしては、自分の気持ちをぼくの持ち物のなかに入り込ませていた。ナミコは次々に質問した。朝食のときはどこに座るのが一番好きか、仕事のあとはどの部屋に真っ先に行くのか、リビングの壁に掛かっている絵は誰が描いたのか、床においてある海賊の宝箱みたいな木箱には何が入っているのか、バスタブの縁にある貝殻はどの海で拾ったのか、ソファーの横にある水パイプは実際に使うのか。彼女はぼくが中国での休暇の際に買った仏像を手に取り、メキシコ製のストーブに目をやり、ちょっとだけ庭に出てみて、アメリカ大陸に上陸したときのクリストファー・コロンブスのように期待に満ちた目で周囲を眺めた。ぼくが南アフリカのソウェトを取材したときに持って帰ったアフリカの太鼓を観察し、ぼくの冷蔵庫に貼られている、友人や風景が写っている写真に注意を向けた。ナミコがぼくの住居を好きになり、ぼくの持ち物に興味を払っているのを見るのは素敵な気分だった。ぼくたちはこのアパートを解約するために来たのだったが、それでもぼくにとっては、彼女がここで出会うものを好きになってくれることが重要に思えたのだ。

ぼくたちは一か月間、ハンブルクにいるつもりだった。ナミコは学期休みだったし、ぼくの方は自分の持ち物を処分したり日本に送ったりするのにしばらく時間が必要だった。アパートを解約し、友人たちに別れを告げ、編集部に顔を出して、日本の人と一緒になることに人生の意義を見出した、と上司に伝えなければいけない。

最初の数日間を、ぼくたちは静かに過ごした。買い物に行き、ザンクトパウリ地区にあるフィッシュマーケット近くのお気に入りのレストランに行った。そこでは輸出用のお茶の古い缶や、無数のろうそくや、天井から下がっている漁網に囲まれた座席で、日本と同じくらいおいしい魚を食べることができる。ぼくたちはランドゥングスブリュッケンの船着き場をぶらぶら歩き、アルスター湖畔を訪ねた。レーパーバーンの歓楽街や、ハンブルクの上品な地区にもナミコを案内した。それは、ほんの少しだけ、自分自身にハンブルクを見せるためでもあった。

ナミコはこの機会に、ぼくのそれまでの人生を知ろうとした。ぼくが通った道を一緒に歩いたり、車で走ったりしたいと主張した。サリーのカフェ、ぼくのオフィス、ぼくの街とぼくの友人たち、それらすべてがナミコのなかに、気持ちのよい好奇心を呼び起こした。彼女はずっと、とてもリラックスした様子だった。ただ、ごくたまに彼女は、これらすべてをほんとうに残していって大丈夫なのかと確かめるように、試すような目をぼくに向けた。ぼくが何も言わずににっこり笑うと、ナミコはそっと手をぼくの腕において、ほほえみ返した。ぼくがいつの日か、ぼくが自分の引っ越しを後悔するかもしれないなどとは、ナミコは考えていなかったと思う。それに、彼女はハンブルクでそれほど疎外感を感じてはいないようで、よく知った環境のなかで暮らしている人間という印象を与えた。ひょっとしたらそれは、それまでに何度もドイツに来たことがあり、ドイツ語で苦もなくコミュニケーションをとれたからかもしれない。それによって彼女は特に、一つの世界からもう一つの世界への転換はスムーズで簡単なものなのだとぼくに示してくれた。

スクーターはサリーにプレゼントした。ぼくたちは到着して二、三日経ってからサリーのカフェを訪れたのだが、ナミコとサリーはたちまち仲良くなった。サリーがぼくにプレゼントしてくれた石は、スクーターの鍵から外し、一緒に日本に持っていくために荷物に入れた。ぼくたちはサリーと一緒に、彼女のカフェでのささやかなお別れパーティーの準備をしたが、それはぼくたちの出発の直前に開かれる予定だった。

この滞在のあいだに、悲しみがぼくをとらえることは一度もなかった。地球の反対側への飛行は、一日の勤務時間にちょっと残業時間を加え、それから食事に行く程度の長さだった。メールは一瞬で届く。世界にはたくさんの可能性があった。

編集長とは、月ごとの固定給を保証してくれる契約を結ぶことができた。こうすれば、日本でも同じ雑誌のために記事を書き、少しは金を稼ぐことができる。

ハンブルクでの最後の日々のあいだに、ぼくはエヴァを見かけた。ぼくはナミコと一緒に街の中心部を歩いていた。すると突然、ピザ屋の前で誰かを待っているらしい女性に目がとまった。ひょっとしたらエヴァは誰も待っていなかったのかもしれないが、それはわからない。ときおり、人間はあまりにも生き急いで、自分の特性を彗星の尾のように、長く引きずって歩いていくものだ。そして、いつの日か立ち止まると、その特性にも持ち主に追いつくチャンスができるのだ。するとその人間は我に返るのだが、それはぼくが日本で見た夢の話にちょっと似ている。エヴァはぼくに気がつかなかったし、ぼくたちはすぐに脇道に曲がってしまった。そういうことだ。

ぼくはほかの人たちからも、二度とエヴァについて聞くことがなかった。彼女がどうなったかは、山で失くして谷に吹き飛ばされてしまった麦わら帽子の運命のように、謎のままだ。とうとうサリーのカフェでお別れパーティーをする日が来て、二十一人の友人や同僚たちが参加してくれた。目が届く範囲の、だからこそ親密な集まりで、ぼくは泣きそうになった。お別れのプレゼントとして、彼らはみんなで金を出し合い、「ミスター・マッソー」と、ぼくが心にかけながらもサリーに預け、売却してくれるように依頼したいくつかの品物を、日本に船で送る代金にしてくれた。そのおかげで、何年も経ったいまでも、ぼくはまだ「ミスター・マッソー」に座り、すべてを書き留めている。
パーティーの翌朝、ナミコとぼくは、ぼくの新しい故郷に向かって旅立った。

35

それから何日か過ぎた夜、ぼくは目を覚ましてナミコのベッドに横たわり、闇を見つめていた。奇妙な温かさが体内で脈打っていた。ぼくは気持ちよく手足を伸ばしていた。

ほんとうに実行できたのだ。ぼくがこんなことをしたり、あんな感情を抱いたりできるなんて、以前は思いもしなかった。ぼくはナミコを愛していた。彼女が右手で髪を耳の後ろに撫でつける様子が好きだった。彼女が本棚の前に立ち、探していた本を見つけるまで指で本の背をたどっていく様子も。彼女が沈黙するのも、おしゃべりするのも、沈黙とおしゃべりを結びつけるのも好きだった。主張を変えはしないけれど、ときおり自分の言葉を訂正する様子。ものの見方。想像力溢れる生活のなかで、ぼくを歓迎してくれる様子。ぼくは彼女が現実のさまざまな側面を、各ページに新しいことが書いてある一冊の本のように、ぱらぱらとめくって見せてくれるのが好きだった。ぼくがそれまでに気づいていたことがらの、見逃していた部分まで示して豊かにしてくれるのが。

彼女は自分をひけらかすことがなかった。限りなく、自分そのものだった。ぼくのまなざしは彼女によって何らかの保護フィルターを通されるのではなく、むしろ直接的にその根源や存在へと向けられるのだった。ナミコを、そしてナミコの愛を当てにできるのだとぼくにはわかっていたし、誰一人、何一つ、その信頼を壊せるものはなかった。現在において起こることは、未来への約束だった。

ナミコがときおり、考え込みながらぼんやりと指で鼻の頭を擦るのも好きだった。彼女が庭を歩きながら、藪や石や寺院の壁などの事物に触れるのも好きだ。食事のとき、箸であれこれおかずをつまむのも、唇を尖らせて熱い汁に入ったそばを啜るのも。ぼくたちの「くねくねと流れる小川の祭り」以来、彼女が定期的にナツメヤシにブドウを突っ込んではテレビを見ながら食べるのも好きだった。ベッドで絡み合って横になりながら、初めて会ったときのことや、彼女が語ってくれた、松の木はほんとうは恋人を待つ女なんだという話を一緒に思い出すのも。愛し合うときに彼女の髪がぼくの顔にかかるのも、朝食のときに彼女がソファであぐらをかくのも好きだった。世界で新しいことが起こるときの、好奇心に満ちたまなざし。音楽を聴きながら、ときおりほとんどわからないくらいの声でハミングしている様子。

そしてもちろん、ぼくはナミコのすばらしいささやきを愛していた。ナミコがささやくとき、世界は息を潜めた。彼女がささやく内容は、ぼく一人のために言葉で鋳造してくれた秘密だった。「あなたを愛してる」という、すでに何十億もの人が何十億回も口にした言葉でさえ、彼女が口にすれば理解できるのはぼくだけだった。

しかし、彼女は言葉でささやいただけではない。ナミコは手でささやいたり、仕草で、まなざしで、キスでささやくこともできた。彼女との触れ合いは、しばしば控えめなささやきのようだった。彼女のまなざしが、ときには秘密めいた共謀者の密談を意味していた。彼女の指先が、言葉や形やイメージをぼくの体に描いてくれた。ぼくたちがベッドにいて、彼女が背中に沿って一センチごとに上から下へキスをしていってくれるとき、ぼくは彼女の髪の先端が皮膚の上でささやくのを感じた。ぼくたちの唇が触れ合うとき、ナミコの唇は直接キスのなかに「あなたを愛してる」とささやきかけてくれているように動いた。

ナミコは草むらでぼくの横に寝そべり、クローバーの葉を摘んでそれを静かにぼくのへその上においてくれたりした。それだけで、すべてを言ったことになるのだ。ナミコはぼくの手のひらの内側に指でハートの形を描き、それからそっと、包むような形にぼくの手を閉じてくれる。ナミコはセックスのときには躊躇なく無我夢中の境地になるので、ぼくはそれを無限の信頼の証明と受け取らずにはいられない。ナミコは集中してすべてを受けとめるので、ぼくにとってみれば自分が与えるのではなく、彼女から与えられているような気持ちになった。

いくつかの光が窓のカーテンの生地を通してちらちらと輝き、部屋の天井で踊った。エアコンが小さなうなり声を上げて、心地よい冷気を部屋に吹き込んでいる。ふと感情が高ぶって喉が詰まってしまった。

ぼくは幸せだった。

36

　ぼくたちは京都の外れに感じのいい住居を見つけた。そこには小さな庭さえついていた。ぼくの原稿料と、ナミコが観光客向けの庭園ガイドとして稼ぐ金とで、なんとか家賃を払うことができた。ナミコとぼくが新しい家の前の日なたに立っていて、「ミスター・マッソー」やハンブルクから送ったいくつかのものを届ける車がやってきた日のことを、ぼくはけっして忘れないだろう。ぼくたちは路上で古いソファの梱包をほどいた。ソファはまるで古い生活から届いたメッセージのようだった。ぼくたちはそこに腰かけてハグしながら、運送会社の人々が残りの品物――ぼくのお気に入りの本もあった――を住居に運び込む様子を見ていた。

　その後の二日間を、ぼくたちは住居を整えるのに使った。ナミコの過去とぼくの過去が混じり合い、ひとつになった。本棚ではギュンター・グラスの隣に川端康成が並んでいる。トーマス・マンの本は突然二言語になった。ぼくの祖父の水彩画のスケッチが、日本の書道の作品と並んで壁に飾られた。ぼくたちが箱を開け、家具を移動させて棚のなかに物を収納しているあいだに、ナミコのお父さんが弁当を持ってきてくれた。お父さんは二日目にはぼくたちを外に連れ出して、古いトヨタの車のトランクを開いた。車の後部座席とトランクに多種多様な植物を発見し、ナミコは感激してお父さんの頬にキスした。そのなかには「月のため息」の庭に生えていた小さな松も含まれていた。その日のうちに彼は家の裏の庭を天国に変える仕事にとりかかった。

夕方、ぼくたちはまた二人きりになった。ぼくが本を分類しているあいだに、ナミコはキッチンで忙しく働いていた。まもなく、うっとりするようなバニラの香りが漂ってきた。ぼくはちょうど覗き込んでいた画集を脇において、キッチンに入っていった。

ナミコは雲のように舞い上がる小麦粉のなかに立っていた。両手をビスケットの生地に突っ込んで、顔にも髪にも白いものをつけている。天板いっぱいのバニラビスケットが、すでにオーブンで焼かれている最中だった。まるでぼくが来るのがわかっていたように、熱いココアの入ったカップが二つ、テーブルの上におかれていた。ぼくはココアを一口飲むと、ナミコの背後に回り、両手で彼女の腰を抱きながら、ナミコの両手が次の天板のために生地を準備している様子を肩越しに見守った。やがて彼女は指についた生地を落とすと、小麦粉をたっぷり手に取り、後ろを振り返った。

「雪にご注意！」笑いながらそう叫ぶと、ナミコは両手を打ち合わせた。白い粉が飛び散り、ぼくたちを包んだ。ナミコの唇がぼくの唇を求め、それはバニラの味がした。

「雪が降っているときは、すばやい動きは禁止です」ナミコはそうささやくと、ほほえみながら両手をぼくの体に沿って下ろしていった。雪片のような粉が、ゆっくりと床に落ちていき、ぼくたちの上にもしっかりと積もった。ぼくの口許で、ナミコの唇は時間そのものよりもゆっくりと動いているように思えた。ぼくは、自分たちはいま月にいるのだと想像した。そこでは不思議な力によってあらゆる動きが抑制されるのだ、と。そして、スローな動きのなかに自分ものめり込んでいった。ぼくたちはとてもゆっくりとキスをし、触れ合い、動いた。ほとんどためらうように、時間を引き延ばしながら。まるで、そうすれば次の瞬間が始まるのを先延ばしできるとでもいうように。頭を前に屈めながら、ぼくはナミコの肩にキスをした。顔を上げたとき、ぼくの頰はとてもゆっくりと彼女の肌を撫でていった。それからまたぼくたちの口が出会い、ナミコは花が開くときのような繊細な慎重さで、唇をぼくのために開いていった。ナミコの黒い瞳を目の前に見たとき、ぼくは一瞬また雨が肌に降り注ぐのを感じ、足の下に草を感じた。あのときと同じように、ナミコの右のこめかみの下で、小さな血管が脈打っていた。この瞬間に一つの円環が閉じたように思えた。ぼくをとらえたのは、誇らしい気持ちだった。

小さくピーピーという音がして、ナミコはぼくの腕から体を離し、いい香りのするビスケットの載った天板をオーブンから引っ張り出した。熱いビスケットを指の先で一つつまむと、フウフウ息を吹きかけて冷ましてから、ぼくの口に押し込んだ。

「キスはこんな味がするはずなのよね」ナミコは言った。それはバニラクッキーのことか、雨のことだろうかと、ぼくは考えていた。

37

キスはどんな香りがするだろう?

キスに香りがあるとしたら、どんな香りかということだ。バニラ? バジル? イチゴ? バニラとバジルとイチゴを合わせて一つの香りにしたら、うっとりするような混合になるだろう。だが、キスの条件として、それだけではまだ天にも昇る心地とはいえない。

ひょっとしたらキスは、物質ではないものの香りを放つのかもしれない。もしかしたらそれはむしろ詩的な香りなのかもしれない。永遠の香り。あるいは確信の香り。あるいは単に、より多くのものの香り。詩のなかで、詩人たちがキスを常に味と、たとえば蜂蜜の味と結びつけているのは奇妙なことだ。そこに詩的な香りを見出して創作しようとは、たいていの詩人たちは考えない。ナミコと知り合って以来、キスは充足の香りがすると、ぼくは思っていた。

あるとき、ナミコがぼくの背後で冷蔵庫を引っ掻き回しているのが聞こえた。その音が止まり、怪しい静寂に取って代わった。

「何してるの?」ぼくは後ろに呼びかけた。

「雪を飲んでるの」彼女は言った。振り返ると、彼女は牛乳の入ったグラスを手にしていた。それ以来、牛乳はぼくにとって違う味がする。

雪牛乳!

冬の日に、雪で覆われた野原を踏みしめて歩いたことを思い出す。空とぼくたちの周りの空気は柔らかな霧に包まれていて、ただ冬眠中の木だけが、あちこちで白い霧のなかから骨のような枝を突き出してくるのだ。

「ページから落ちないように気をつけて」ナミコが突然言った。手を空中にさまよわせながら、彼女はあたりを指さして言った。「人生がほんとは一冊の本なんだって、想像してみて。わたしたちはたくさんある白いページの一つで動いているところなの。そして、雪のなかに残す足跡で、物語を綴ってるのよ」

人は恋をすると突然、あらゆるものの根源を極めたくなってくる。その切り口の多彩さをとらえ、小さなものを大きくし、ささやき声を叫び声のように思う。ナミコは読書の際に好んで本の背を撫でる。まるで、本に対するご褒美のように。そしてあたかも、本から彼女への感謝が返ってくるかのように。

「どうしてそんなことを考えるの？」ぼくは彼女に尋ねた。

「あなたを愛してるからだと思う」というのが答えだった。

恋をすると、本が感情を持つようになり、無音のものが音を立て、キスは香るようになるのだった。

突然、世界に対するたくさんの問いが芽生えてくる。風はどんな味がするだろう？　木霊《こだま》はどんな香りがするだろう？　いまだ発見されていないものは、発見されたあととは様子が違うだろうか？　宇宙が肌に触れると、どんな感じがするか？

片手だけの拍手はどんな音がする？

38

一方がささやくとき、もう一方は思わず息を潜める。さらに、その人間はあたかもいきなり僧侶に鼻をつままれたかのように、生のなかで立ち止まる。精神を研ぎ澄まして、いま聞いている言葉に集中するのだ。魔法のようなこの瞬間には、それ以外のことは意味を持たなくなる。

ナミコの唇がぼくの耳に触れるとき、ぼくの知覚は、中央が鮮明で縁の方がかすんでいる一枚の古い写真のようになる。そのような瞬間には、ぼくたちの周囲で起こっていることは溶解して流れ去ってしまうのだ。たとえ、満員のバスに乗っているようなときであっても。ナミコは突然、ぼくの顔に自分の顔を近づけてくる。そうやって彼女の肌と髪に触れるだけで、もうバスや人々の姿は消えてしまうのだ。それから耳介《じかい》に彼女の柔らかい唇を感じ、その唇がどんなふうに動くかを感じ取る。ナミコが口にした言葉は小さな木霊のように、ぼくの意識のなかで何千回も反響するのだ。そんなとき、ナミコはたいていぼくの肩につかまり、それからまた離れる。彼女の小さな笑い声が、ぼくをバスの世界に引き戻す。ぼくたちの心が短時間不在だったことに、周りの人は誰も気がつかない。

ぼくたちはよく言葉をささやき合ったが、それらの言葉の効果はささやき合うというお互いの近さによって、自然に増すことになった。「愛してる」という言葉は、相手の口を見る代わりに肌で感じるとき、違った響きを持つ。ナミコは満員のバスのなかで「あなたが夕べ何をしたか知ってるし、それを証明できるわよ」と言ったり、「そんな無邪気なふりをしないで」と言ったりしたが、ぼくにはナミコの言いたいことがよくわかっていた。

ぼく自身もささやく人間になっていった。息とともに言葉を吐き出すことは、互いに交わり、ナミコにぼくの感情世界の奥深くまでを見せるための、信じられないほど濃密で凝縮された方法であることがわかった。「目の前で色っぽくほほえんでくれるところが好きだな」まさにキスしようとして顔を近づけ始め、ナミコの唇の周りに訳知り顔のほほえみが漂うときに、ぼくはそうささやいたりする。セックスしているとき、ぼくはふいに忘我の境地になり「そんなことしないで」と闇に向かってささやいたりする。でもナミコは、ぼくがまさにその反対を望んでいるのだとわかっていて、それをしてくれる。「どうしてそんなことするんだ？」キスをして体がほてってくると、ぼくはほとんど聞こえないような声で尋ねる。するとナミコは「あなたが自分でしているのよ」とささやくのだ。

だが、ぼくが一番好んでささやいたのは、彼女のすばらしい名前だ。ふさわしい瞬間に相手の名前をささやくことは、ちょうど「ありがとう」と言うようなものだ。ナミコがやさしくぼくに寄りかかり、ぼくが彼女の体に腕を回してぎゅっと引き寄せるとき、「ナミコ」とささやくことは、「きみがいてくれてよかった」と言うのと同じだった。例によってナミコが好奇心に満ちた両手を動かし始めるとき、低い声で名前をささやくことは、「きみのしてることはすてきだ」と言うのと同じだった。ある日ぼくが帰ってくると、ナミコはぼくたちの掛け布団をリビングに運んでいて、ろうそくで囲まれた一種の巣穴のように床の上で折りたたんでいた。ぼくたちはその巣穴に入って音楽を聴き、赤ワインを飲んだ。日本ではろうそくは仏壇に灯すもので、死者に仕えるためのものであり、そのせいでたいていの日本人はろうそくの明かりをそれほどロマンティックに感じないことを、ぼくは知っていた。ナミコが床の上に作った小さな愛の巣を見たとき、ぼくは「ありがとう」と言う代わりにナミコの名前をささやいた。結局のところ、それらは同じ意味なのだ。

ときには宇宙全体を開くのに、ほんのわずかな言葉だけで足りた。朝の薄闇のなかで隣り合って寝ているとき、相手の方に体を屈めて「おはよう、お寝坊さん」とささやいたり、「おいで」とささやいたりして、相手の掛け布団のなかに潜り込み、気持ちよく体を擦り寄せるだけで、心が広がった。あるいは、ナミコの首筋に向かって「お風呂に入ってくるよ」と言うだけで充分だった。そうすれば数分後に、ぼくたちが熱いお湯のなかで一緒に座り、ろうそくの明かりで一冊の本を一緒に読んだり、モーツァルトを聴いたりするのは確かなことだった。その言葉をささやくからこそ、ぼくが自分の口にした以上のことを語っているのは明らかだった。

ある事柄を静かに口にするとき、言葉はいつも、目に見えるものよりも少しばかり先に行くのだ。

39

最初に文字の世界にぼくを連れていってくれたのは、ナミコだった——だからこそ彼女にとって、ぼくが日本に引っ越してきたいま、新たに読み書きを覚えるのを手伝うのは当然のことだった。それはとりわけ、日本で生きるために、ぼくにとっても非常に重要になっていた。ぼくは日本ではまだ、ほとんど何もわからず何も読み書きできない、小さな子どものように感じていたからだ。あの男性はニュースのなかで何と言ったのか？　いろんな役所がぼくたちに送ってくる手紙は何を意味しているのか？　電気代はいくらだったのか？　自動販売機はどう使えばいいのか？　映画館でみんなが笑ったのはなぜか？　人々は何について話しているのか？　新聞には何が書いてあったか？　スーパーの棚に並んでいる品物も、ぼくにとってはその大半が謎だった。道路上のたくさんの標識や、建物や駅の看板などもそうだ。どのバス停を使うにも問題があった。ぼくはすでに何度も間違ったバスに乗って、ほとんど人類未到の京都の街角を知るのにたくさんの時間を費やしていた——さらにフラストレーションが溜まったのは、日本の通りには少数の例外を除いて名前がついていないということで、そうなると地図も、場所を確認するのにそれほど助けにはならないのだった。

幸い、ナミコはとても辛抱強かった。簡単な日本語でぼくにしょっちゅう話しかけてくれたので、少なくともぼくの会話力と理解力は着実に向上し、彼女のお父さんにも日本語で話しかける勇気が出てきたほどだった。文字を覚えさせるためにも、ナミコは同じくらい尽力してくれた。彼女は一緒に料理する際に、特定の肉や野菜や調味料だけを使うようにして、料理を準備するあいだにぼくに向かって、それらを日本語ではどう書くのか教えてくれた。いつのまにか、一つ一つの家具にも文字を書いた小さなメモ用紙が貼られていた。ソファ、椅子、机。ナミコはマジックペンを使って、独自のやり方でぼくに体の部位を示す文字を教えようとした。

「あなたに特別な漢字を教えたいの」ある晩、ぼくがちょうど「ミスター・マッソー」に座って動詞の勉強をしているとき、ナミコが言った。ぼくの隣にしゃがんで、赤ワインの入ったグラスを二つテーブルにおき、ぼくのペンをつかむとノートにたった一つだけ文字を書いた。

「これは、じっくり耳を傾けるという意味なの」ナミコは説明した。「わたしたちはときどき、頭のなかで漢字をバラバラにするわ。ちょっと想像力を働かせると、この字は

聴

耳＋目　心

ということになるのよ。それぞれどんな意味だかわかる？」

「耳プラス目、そして心？」

「ご名答！　もちろんこの漢字の本来の背景を示すわけではないけれど、民衆はこれをこんなふうに解釈しているの。『集中して耳を傾けるには、耳に加えて目と心も必要だ』」

「なるほど」

ぼくはワインを啜り、このソファに座って一緒にＮＨＫで時代劇を観た晩のことを思い出した。ぼくが一言も理解できず、複雑な日本語の会話がむしろぼくを混乱させるのに気づい

たナミコは、さっさと音を小さくしてしまった。ぼくは、俳優の声の抑揚と身振りと表情だけでストーリーを把握しようとがんばった。それがかなりうまくいったので、ぼくは驚いた。映画が終わったとき、ぼくはどの侍が大名の側に立っていて、誰が周囲をペテンにかけていたのかも言うことができた。

「日本語はドイツ語よりずっと音節が少ないから、意味が違うのに同じように聞こえる単語がしばしば出てくるの。だから、単語を聞き取るだけじゃなくて、それを頭のなかで文字に変換するのが大切になるのよね」

「たとえば?」

「『さけ』は酒でもあるし、鮭でもある。アルファベットのような音声的な書字システムで書いた場合には、違いはわからない。でも漢字で書けば、酒と鮭は違って見えるわ。そう考えると、日本ではいつも、耳だけでなく目でも少しは聴いているといえるかもしれない。その結果、ある単語が別の単語と同じ響きだということに気づかないこともあるのよ——だって、漢字では区別がつくものね。日本の有名な時計の会社、セイコーを知っている?」

「もちろん」

「セイコーは、『成功』を意味している」(セイコーという名前は実際には創業時の名称「精工舎」から来ている)

「会社の名前としては、合うんじゃないかな」

「そうね、でもセイコーという言葉は『性交』でもあり得るのよ」

ぼくは大笑いせずにはいられなかった。

「でも日本人はそのことで笑ったりしないと思う。だって、『成功』の話をしているのか、『性交』の話をしているのかは、文脈で明らかだから。会話のなかで、そのどちらを指すのか知るためのヒントが二つある。一つは直感、もう一つはその会話からわたしたちが心の目で思い浮かべる漢字よ。でも『聴』という『じっくり耳を傾ける』という漢字の場合は一般的に、あらゆる感覚を知覚に参加させるのが重要なのよ。あなたが海岸に立って、波があたりをどんなふうに洗っているのか耳を傾けるとき、もし波をじっと見て、心でも波の音を聴こうとするなら、それは違って聞こえるはずよ」ナミコは言って、頭をぼくの上腕にもたれさせた。

「それに信じてほしいんだけど、波の方でも、もし人が波の音を目と心で聴き、そのもっとも深いところまで探ろうとするなら、それをすばらしいと思うはずよ」

ナミコは意味深長にほほえみ、何かを待つようにぼくを見つめた。

「何が言いたいんだい？」ぼくは尋ね、人差し指でナミコの鼻の頭と唇を擦った。

ナミコはペンを手に取り、ぼくのノートに何かを書いた。

波子

「読める?」

「二番目の漢字は『こ』だよね。子どものことだ」

「最初の漢字は、上がったり下がったりする波を表しているのよ」

「波の子ども?」

「そのとおり。波という漢字はたとえば有名な『津波』という言葉にも使われているわ」

「そして、ここに書かれた二つの漢字が意味するのは……」

「波子よ」と、ナミコは言った。

40

ぼくはその後約五年間、雑誌のために記事を書き、それを定期的にハンブルクに送っていた。もっとも会社の上層部では経営的な判断がジャーナリズムの判断よりもどんどん優先するようになり、特集記事の選び方も次第に堕落して、売り上げを伸ばすためだけのトリックになった。執筆者については、安く記事を提供できるかどうかということが最終的に重要になってしまった。新しい女性編集長はポルシェに乗り、たいていはシャンパンを啜りながら、ハンブルク上流社会のオーダーメイドの世界を渡り歩くような人間だった。くだらない映画俳優についてのくだらない情報を調べ、やたらと最上級の単語を並べて、一皮めくれば何の中身もないような事柄を言葉だけでほめちぎるのに、ぼくはうんざりしてしまった。すべてがますます声高になり、ますます内容を失っていった。そして、物価が高い日本では、どっちみち原稿料だけで暮らすことは難しかった。

ゲーテ・インスティトゥート（ドイツ語やドイツ文化普及のためにドイツ政府が設立した国際交流機関）が京都に支部を持っており、ぼくはそこでドイツ語教師として働けることになった。さらに、人々にドイツ文化を紹介するような催しを京都で開催する手伝いもするようになった。ゲーテ・インスティトゥートでは何人かのドイツ人と知り合いになり、たいていは仕事の関係でドイツ語を習おうとする、かなりの数の日本人とも出会った。そんなわけで数年間京都で暮らすうちに、ナミコの友人たちに加えてぼく自身にも友人ができた。ゲーテ・インスティトゥートの同僚たちはドイツ人と日本人からなる陽気な人々で、働いている人たちがお互いに相手をほめ、他の人の仕事を悪く言ったりしないのは、とても爽やかだったし、誰もが朝、明らかに上機嫌でオフィスに現れ、生活を楽しんでいるのもよかった。ぼくは自由時間にはあいかわらず日本語を勉強し、「月のため息」の庭園で定期的にナミコのお父さんと会っていた。彼は少しずつ、ぼくを造園技術の世界へと導いていった。新しい植物を植えたり、木を剪定したり、石や灯籠を設置するのは、ぼくにとっては最初からとても楽しいことだった。苔のなかにうまく配置された石の方が、いわゆる世界で最も重要な十人の男性についての雑誌記事よりも、人間の幸福に寄与するところが多い。何年も前に、庭園について書くために日本に来たのだったが、いまではぼく自身が庭園で働いている。そして、ぼくにとってはこっちの仕事の方がより充足感が大きいような気がするのだった。

ナミコと暮らし始めて二年経ったある晩、ぼくはナミコを「月のため息」の庭に連れ出し、心の島に火を熾してたいまつに火を点け、彼女の口にブドウを詰めたナツメヤシを突っ込んだ。

「結婚しないか?」揺らめく光のなかで、ぼくはついに尋ねた。ナミコが「ええ」とささやいた声はとても小さかったけれど、それは世界がこれまでに聞いたなかでもっとも確かな「イエス」という答えでもあった。数か月後、ぼくたちは京都で結婚し、サリーとあと何人かの友人たち、親戚たちが、結婚式に出席するためにドイツからやってきた。結婚に関しては、ぼくたちはそれぞれ、生まれ育った土地での考えに縛られていた。ぼくは一度ナミコに、ドイツでは結婚しないカップルも多いのだという話をしていた。どういう理由で結婚すべきなのかと自問する人々もいるし、ひとたび結婚してしまうと別れるときに余計なもめごとが起こると考える人間も多いのだった。

ナミコは結婚の理由を問うこと自体が間違っている、人々がまたもや間違ったところで「なぜ」という問いを発している、と感じていた。結婚を後押しするのは愛だということは明らかだから、理由のない結婚ほどすばらしいものはない、というのだ。ぼく自身も、結婚のどこがいいのかと問う人々はおそらく何もわかっていなくて、複雑な官僚的・法的手続きを恐れることなくいつでも関係を解消できるようにしたいと思っているだけなのだ、と感じていた。いずれにしても、結婚していない人間の方が既婚者よりも容易に自分の道を歩めるといったような見解を述べる奴は、最初から結婚の破綻を想定しているわけだ。

ナミコはそんな考えとは無縁だった。すべてが日常になってしまったら恋愛は終わりだとか、お互いに話したいことが何もなくなったから別れる、といったような考えも、ナミコはけっして抱くことがなかっただろう。それについて初めて話したときには、ぼくたちはすでに結婚していた。

41

　ナミコとぼくは田舎の緑の草地で横になっていた。近くには小川が流れていて、河口となるべき海を探しながら方向を失って蛇行しているようだった。ぼくたちはトラクターでここまでやってきた。古いトラクターはちょっと離れた木の下に停まっていて、うわべだけの静けさを発散していたが、ここに来るまであれほどガタガタ音を立てていたことを考えると、その静けさを真に受ける気にはなれなかった。

　ぼくたちは京都で弁当を買ってきていた。弁当というのは小さな箱においしいものがぎっしり詰まっているもので、スーパーや弁当専門の店や駅などで買うことができる。ナミコとぼくはいろんな種類の魚を食べ、冷たいそばもかき込んでから、また敷物の上に横になった。

「小川の音が聞こえる?」しばらくして、妻が言った。ぼくはしばらく前から、彼女を「ぼくの妻」として、ぼく自身の一部として認識するのが好きになっていた。

「うーん」とぼくはうなった。「もっと距離が離れていたら、ここまで音が聞こえるには大海原のように荒れ狂わなくちゃいけないでしょうね」

ナミコは横向きになり、腕で頭を支えながらぼくを見つめた。

「日本では、お互いによくしゃべるカップルは問題を抱えているんだ、と言ったりするのを知ってる?」

「どういうこと? お互いに話すことがあるのはいいことじゃないか」

「もちろん基本的にはそうよ。でも一方では——よくしゃべるというのは、言葉を使わないコミュニケーションがうまくいっていないからかもしれないわ。小さなサインが読めなくて、そのせいでたくさんの言葉が必要になるのよ」

「ふむ」

「ひょっとしたらその人たちは、相手が発信する小さなシグナルを受信できるほどお互いに近くないのかもしれない。近くにいればいるほど、小さな声で済む。だからキスの場合も、まったく音がなくて大丈夫なのよ」

「おもしろい考え方だね」とぼくは言い、起き上がった。「でもそれだと、一番の理想は沈黙し合うことになるよ」

「そうかもしれない」とナミコは言い、考えこむように人差し指で鼻の頭をこすった。「沈黙というのは、言ってみればささやきの最上の状態よ」

「ぼくの出身地では、二人の人間が座って何も話さないのは居心地が悪いことだと思われているよ」

「それは、知り合ったばかりのときに当てはまることなんじゃないの？　もう何年も前から知っている人同士なら、もっとしばしば沈黙するものよ」

「でもぼくたちドイツ人だったら、もう話すことがないのを残念に思うよ」

「それは、習慣というものを否定的にとらえる傾向が人間にあるからだと思う」

「そうだね。お互いの関係が日常的になってしまったというのが、別れる際に最も多い理由かもしれない」

「ふーん。でもそれで別れて一人になったら、やっぱり日常があるわけでしょ」

「でも、責めることのできる相手は誰もいないわけだよ」ぼくはほほえんだ。

「ヨーロッパではそれが、いつもとても重要な問題なのよね」

「何が？」

「ほら、誰が悪いのかってことよ。何かが起こるたびにみんなが出かけていって、非難できる相手を探すでしょ。わたしたちのところではちょっと違うと思うの。ここではまず、生じた問題をどう解決するのかという問いが前面に出てくるわ——問題の原因を作ったのは誰か、ということではないのよ。日本で裁判の期間がとても長くなることがあるのは、そのせいかもしれない。罪がある人を探すのは、奇妙なことだからよ。それに、その人を探しているとそっちにエネルギーを奪われて、頭のなかもそれでいっぱいになってしまって問題が解決できないと思う。互いのうちでどっちが悪いのかということばかりに関わりあって、問題を解決するのを忘れてしまったおかげで、どれくらい多くのカップルが破綻してしまったと思う？　それで得することってあるかしら？　距離をとり過ぎて、その距離を越えていかなければいけないから、面倒なことがたくさん起こってくるのよ」

彼女の言うことを完全に理解できていたのかどうか、いまのぼくにはもうわからない。静寂が意味するもの、小さな音を聞くためには近さがとても大切だということを、本当の意味で理解できていたのかどうか。しかしこの日から、自分たちのときおりの沈黙を、ぼくがどれほど心地よく感じていたか、意識するようになった。ナミコとぼくはよく一緒に座ったり寝転んだりして、雲を見たり星を見たり、海や庭を眺めてきた——そして沈黙してきた。それが不愉快だったことは一度もない。それは、ぼくたちが相手に対して沈黙していたのではなく、一緒になって沈黙していたからかもしれない。一緒に沈黙するのは、相手への信頼を表す行為でもあり、秘かな交流の形でもあった。それは、静寂のなかでもちゃんと事情がわかっていることを意味していた。人間はいつもしゃべっている必要はない、ということは、月並みではあるがとても解放感を与えてくれる認識だった。沈黙は、ナミコのなかで何が起こり、彼女が何を考え、ぼくたちがちょうどいま見ているものを彼女がどんなふうに心の奥で感じているかについて、ぼくが知っていることの証拠でもあった。たとえばそんな瞬間に、星が蛍のように見えるね、なんて言うのはまったく余計なことだったし、ナミコ自身にそれが見えていないかのような意味も含んでしまうので、いささかお節介すぎることでもあった。言わないということは、きみもこれを見てるってぼくにはわかってるのさ、と示すことでもあった。

沈黙は、ささやきと並んで、ナミコがぼくにくれたもっともすばらしい贈り物かもしれない。

ナミコがいないいま、ぼくはときおり列車に乗って田舎に行く。かつてナミコと一緒に訪れた森の草地に座り、何かを求めるようにまなざしをさまよわせ、そこにはない音に耳を傾け、ナミコのことを考える。するとナミコがふいにまた現れるのだ。すべてが、まるでナミコの不在などなかったかのようになる。ぼくのまわりにある慣れ親しんだ静寂が、ナミコが隣に座っていて、ぼくと一緒に沈黙していることを教えてくれるのだ。

42

ぼくたちはみな、自分のなかに何かを持っている。

ぼくたちの心の奥には、いつの日かそれを埋めないかぎり、とても空っぽに感じられてしまう場所がある。そこを埋めずにいる者は一生のあいだ、漠然とした、とらえどころのない悲しみを自分のなかに感じ続けるのだろう。そんな人たちは、どうしてまたこの星を去らねばならないのか、と自問する代わりに、一生のあいだ、どうして自分は未知の力によってこの星の上におかれてしまったのだろう、と考え続けるのだ。

普通の人間は心の奥の隙間を一つの決心や、空想、目的、愛などで満たしていく。そしてそれを、当然のように「充足」と呼ぶのだ。

「ミスター・マッソー」に座ってこれを書いているいま、ぼくはよく公案について考える。ぼくたちが存在の意味ばかり探し求めていて、なぜ自分がここにいるのかを問題にするあまり、そもそも自分が存在していることをほとんど楽しめていない、と公案は気づかせてくれた。ぼくはときおりここに座りながら、あの当時の紙ナプキンを取り出して見つめる。そこにはナミコの字で公案が書いてあり、それは貴重な思い出でもあり、流し込んだばかりのセメントの上を誰かが歩いてしまって、後世に永遠に残された足跡のようでもある。これは因果関係の問題なのかもしれない、とぼくは考える。人生に最初に意味を与えてそれから生きる、ということが人生の秘訣ではないのかもしれない。ひょっとしたら逆に、生きることを通して人生に意味が与えられるのかもしれない。ぼくたちが存在を味わったあとで、ひっそりと、ほとんどひとりでに、意味が人生のなかに入り込んでくるのだ。

心の奥の場所について考えるとき、ぼくたちが存在を受け入れ、それを保つならば、その場所も自然に満たされるのだとぼくは思う。そうすれば、突然すべてに意味が生まれてくるのだ。

多くの人たちは、職業で成功することを人生の目的に挙げている。そんな人たちはひょっとしたらデザイナーが作ったおしゃれな眼鏡をかけ、上半身には金ボタンのついた青いジャケットを着、ポルシェに乗ったりしているかもしれない。それでも前より幸せになれないとしたらその理由は、人生の意味ばかり探して存在を求めなかったからだろう。トラクターに乗って田舎を走ることを楽しみ、だからこそ人生は素敵だと思う代わりに、これに何の意味があるんだと疑問に思ってしまうようなものだ。すべてには何らかのよい面があると感じている方が、地上のすべてが楽に回っていく。「なぜ」という問いの答えは存在のなかにあり、人が心の奥に持っているもののなかにあるのだ。

ぼくはもちろん、ナミコを心のなかに持っている。

ハンブルクの何人かの同僚が、あの当時嘲《あざけ》るような微笑を浮かべてぼくの決断を見ていたかもしれない。彼らはネクタイを直しながら、正社員というしっかり保証された未来を愛という不確かで気分的なもののためになげうった、奇妙な男について話をしたかもしれない。

でもぼくはナミコの助けによって、別の問いを出すことを学んだ。そして、別の優先順位をつけることを。どちらが大切なんだろう。「いい仕事をしたね」とほめてくれて、「次の仕事も予算は少ないんだけど、また気持ちを入れてやってくれるよね?」と言う上司。あるいは、一人でドイツに来ている夫に日本から電話をかけてきて、「国際電話で二時間も話すなんて、ちょっと高いんじゃないの」という問いに対して、「わたしはあなたと電話で話したいんだから、高くはないわ」と答える妻。どちらがより大きな挑戦を突きつけてくるだろう。「長い記事を書いてくれよ」という上司か、「すてきな言葉をプレゼントしてくれない?」とささやく恋人か。どっちが重要だろう？　どっちがより多くのものを与えてくれるだろう？　どっちがきみを幸福にするだろう？　きみの人生で、どちらが多くのものを生み出すだろう？

ぼくは最初の出会いのときから、ナミコに満たされてきた。銀閣寺の庭で、初めて目が合った瞬間のことを、ぼくはよく思い返す。ナミコは白い男物のシャツを着て立っていて、サングラスの柄を噛んでいた。彼女はぼくの外面をぱらぱらとめくって開き、心のなかへと通じる道を探すだろう、と感じたことを、ぼくはよく覚えている。あのときのぼくは困惑して目を逸らしたのだけれど、それでもナミコはぼくのなかの隠された空間に足を踏み入れて、最初の痕跡を残していったのだった。

時間が経つうちに、ナミコはその空間を完全に埋めてくれた。だから、亡くなったあとでも、彼女がまだぼくのところにいるということが可能なのだ。ぼくの残りの人生のあいだ、彼女をぼくと一緒に移動させられると考えると、嬉しい気持ちになる。ぼくたちを結んでいたものが何一つなくなっていないというのも、嬉しいことだ。ぼくの悲しみが、幸せの高揚感によって、くりかえしやさしく脇へ押しやられるのも、嬉しい感覚だ。彼女はぼくのそばにいるし、ぼくのところにとどまっている。そのことが彼女の価値を高め、ぼくたちや、ぼくたちが持っていたすべての価値を高めてくれる。そして、それはぼく自身の価値も高めてくれるのだ。そのような愛を、そのような妻を持っていたこと、その両者がぼくのなかで生き続けているのがわかるということが、ぼくを大きな誇りで満たしてくれるのだ。かすかなものが生き続けるというのは、すばらしい体験だ。ささやかれたこと、やさしさ、徐々に湧き上がってくるもの、ぼんやりとしたもの、感覚的なもの、忍び寄ってくるもの、控えめなもの、それらはとても安定したことがらなのだ。持続するもの。ひょっとしたら永遠に。

ナミコとぼくはよく川べりに座り、彼女の勉強のために、偉大なドイツ文学の作品をぼくが朗読したものだった。ナミコがぼくの足のあいだに座り、背中をぼくにもたせかけ、頭をぼくの肩に載せているあいだに、ぼくたちは若きウェルテルが恋に悩み苦しむのを目撃し、ブッデンブローク家の運命を追いかけた。そして、ヴォイツェック（ビューヒナーによる未完の戯曲『ヴォイツェック』の主人公）やジンプリチスムス（グリンメルスハウゼンの小説『阿呆物語』の主人公）の踏みにじられた人生を理解し、ぼくは小さな声で文章を彼女の耳に吹き込み、ナミコは黙ってぼくの腕を愛撫していた。それは、人生がささやき声だけに限定されてしまう瞬間で、そうした瞬間が心のなかに保たれていくのだ。

最近、ぼくはナミコについて考えたり、彼女の遺品を見たり、何かの匂いが彼女を思い出させたりしても、もうそんなには絶望しなくなった。ときには気難しくもなるけれど、幸せな気分でいることも多い。過去が人間を引き裂くこともあるが、過去は人生への贈り物でもあり得る。ナミコは謎としてやってきて、贈り物として去った。そのことは、けっして忘れないと思う。

43

それは、八月半ばの天気のいい土曜の朝だった。ぼくたちは十回目の結婚記念日を数週間前に迎えたところだった。ぼくは四十一歳で、それだけではなく幸せな夫だった。なぜならナミコが見るからに幸せそうな妻だったからだ。ぼくたちの関係は何年経っても、最初に築いた親密さを失うことがなかった。ぼくたちはいまでも、キスや体の触れ合いを心で感じていた。

その朝は起床が遅くなった。ナミコの目の具合が悪くて、すべてが二重に見えると言ったからだ。その前の夜、遅くまでナミコのお父さんと一緒にいたので、ぼくたちは目の具合を疲れのせいにして、昼近くまでうとうとしていた。テラスに出るドアを開けたまま、リビングで朝食を食べた。自分たちで焼いたパン、庭で採れた果実のジャム、淹れたてのコーヒー、そしてナミコのささやきと一緒になった、ゆっくりした特別なキスが朝食のメニューだった。

特に予定もなかったので、ゆったりと食事をした。運命が準備していた計画を、ぼくたちは知らなかった。

食事のあとナミコは立ち上がり、ちょっとめまいがするので新鮮な空気を吸ってくると言って、テラスから庭に出た。「またあとでね」とナミコは言い、ドア越しにぼくにほほえみかけた。

ぼくは朝食のテーブルを片付けて洗い物をしてから、新聞を読むためにキッチンに座った。十二年前に日本に来たときには一言もわからなかったが、いまではそこに座って、世界で起こっているできごとを苦もなく読めるのだった。天気予報は明日の日曜日が晴天になると告げていた。ぼくは、また田舎に出かけてどこかすてきな場所を探してみるのはどうだろうと考えた。棚にはぼくたちが何年も前に「くねくねと流れる小川の祭り」を模倣したときの、古い木の小舟がおいてあった。その小舟を持っていって、どこかの小川に浮かべてちょっとばかり詩を作ってみてもいいかもしれない。最近は田舎に行く際によく自転車で出かけていた。ナミコのトラクターは、残念ながら数か月前に壊れてしまったのだ。トラクターの二つの大きな後輪は新しい使命を与えられ、ぼくたちの庭で巨大な植木鉢となっていた。ぼくたちはそこにいろんな苗木を植え、新しい命を育てていた。そのせいでナミコはタイヤを「保育器」と名づけた。

視野の端で動くものがあったので、ぼくは新聞から目を上げた。テラスに出るドアの向こうで一羽のカモメが空中を舞い、ぼくの顔を見ていた。カモメは水の上だけでなく陸上にいるのも好む鳥ではあるが、海岸からかなり離れた京都では見慣れない光景だ。翼を広げ、日光に羽を白く光らせながら、カモメは空中に浮かんでいた。まるで、他の人々の上に重さのない屋根のように広がっている第三の領域に自分がいることを、ぼくにアピールするかのように。カモメを驚かせないように、ぼくは身動きしなかった。ボタンのようなカモメの黒い目は、試すような視線をぼくの心のなかに投げてくるようだった。滑らかな動きでカモメはやがて上の方に滑空していき、姿を消した。

ぼくは新聞を脇におき、自分にはコーヒーを、ナミコにはカプチーノを淹れた。ナミコのカップにはいつもどおり砂糖を五杯。自分のカップには一口のミルク。一番最初にナミコとしゃべったときには、クールな印象を与えようとしてミルクは入れなかったな、と思い出して、ぼくはほほえまずにはいられなかった。偽らない自然な態度の方がナミコに強い印象を与えられることなど、当時のぼくにはまだわからなかった。

ぼくはそれぞれのカップの中身をかき混ぜ、両手にカップを持ってから、リビングルームを通って庭に行った。太陽の光がぼくの顔をやさしく撫で、ぼくは朝の空気を心地よく吸い込んだ。蝉たちが甲高い声で空気を引っ掻いていた。木々の上では鳥たちが暖かい一日を喜びながら、楽しげなメロディーを奏でていた。ぼくは最初、ナミコがどこにも見当たらないのを不思議に思った。

それから、彼女が見えた。ナミコは少し体を丸めて松の木の下に倒れていた。その木はかつて「月のため息」の庭園にあったもので、この庭で立派な木に成長したのだ。ナミコの顔は髪の毛に覆われていた。体は横向きになっていて、あたかももう一度起き上がろうとするかのように、片方の腕を草の上に突いていた。ぼくはカップを落として、彼女のところに飛んでいった。何度も名前を呼びながら、彼女の隣で草地に身を投げ、抱き寄せて顔から髪を払いのけた。彼女は両目を開いていて、どこかぼくの後ろの一点を見つめているようだった。口はちょっと驚いたときの形になっていて、それはナミコの人生に何か新しいことが起きるたびに彼女が見せる表情でもあった。片方の手をぎゅっと握りしめ、閉じた指のあいだから何かが光っていた。

ナミコは反応せず、脈があるのかどうかもわからなかった。ぼくはほとんどパニック状態になって家に駆け込み、一一九番に電話した。玄関のドアを開け、それからまた庭に駆け戻り、ナミコを腕に抱いていた。救急隊員が到着するまでずっと彼女にささやき続けていたのを覚えている。だが、どんな言葉をささやいていたのかはもう思い出せない。涙のなかからずっと、ナミコの顔を見つめていた。まもなくこの顔が見られなくなってしまうのではないかと不安だった。

救急隊員は、ぼくの電話から数分のあいだに庭に到着した。彼らはナミコを慎重に担架に載せ、リビングを通りキッチンの脇を抜けて救急車に運び込んだ。サイレンを鳴らしながらぼくたちは病院に向かった。そこでは人々がぼくの脇をすり抜けてナミコを運んでいき、数秒後には曇りガラスの二重ドアが彼女の背後で閉まった。一瞬、ぼくたちが初めて出逢い、竹藪が突然ナミコの姿をぼくの目から隠したあの日に連れ戻されたような気がした。

ぼくはとても長いあいだ、外の待合室に座っていた。両手で腿を叩き、指の関節を眺め、熱に浮かされたように彼女の名前をつぶやき、くりかえし立ったり座ったりして、部屋の端から端まで歩き、ぼんやりとした曇りガラスのドアを見つめた。そのドアの向こうに、ナミコは十二年を経て急に消えてしまったのだ。ぼくはもちろん、すべてがまたよくなるという希望にしがみついていた。運命がそんなに不当なことをするはずはない、と思ったのだ。

だが、すべてがまたよくなるわけではないことを、ぼくは医師の顔から読み取った。医師は二重ドアを通ってぼくの方に歩いてくると、悲しそうにぼくの目を見つめた。「生きておられます」彼は言った。ぼくの肩に彼が手をおいたとき、それが真実のすべてではないことをぼくは悟った。

「奥さんは意識不明です。脳の血管が破裂したのです」

「手術できますか？」その答えはすでに空中を漂っていたが、ぼくは小さな声で尋ねた。

医師は困惑したように床を眺めた。ぼくは涙が頬をこぼれ落ちるのを感じた。医師は二度唾を飲み込むと、ぼくを見ないまま、ゆっくりと首を横にふった。

「血が脳のなかに広がっていて、患部の出血を止められないのです」

「あとどのくらい？」ぼくの唇が尋ねた。

医師はまた目を上げ、肩をすくめたが、とても疲れているように見えた。「わかりません。一時間かもしれません。大変お気の毒です」

ぼくは黙ってうなずいた。一種の麻痺がじわじわと手足に広がっていった。思考と記憶が荒々しく脳内を駆け巡り、しっかりとつかみ取れるものを探し回っていたが、何も見つからなかった。頭のなかはさらにざわめき、持ち主から切り取られて方向を見失いパニックに陥った影が、そのなかでもんどりうった。頭がカオスでいっぱいになり、それでいながら空っぽだった。トランス状態のようにぼくは唇を動かしたが、何を言っていいかもわからず、言葉は出てこなかった。あと一時間で、ぼくたちの共同生活が唐突な終わりを告げるというのだ。心の奥で、彼女と一緒に行ってしまいたいという欲求を覚えた。たとえその道がどこへ通じることになろうとも。

「妻のところへ行かせて下さい」ぼくはようやく口にすることができた。医師はうなずいた。ぎこちなく足を一歩ずつ前に出そうとしたが、ぼくの両足はなかなかいうことを聞こうとしなかった。曇りガラスのドアを通りながら医師が何か茶色いものをぼくに差し出した。

「奥さんの手のなかにこれがありました」と彼は言った。ぼくは涙に濡れた目で、小さな松ぼっくりを眺めた。

44

ナミコは眠っていた。

目は閉じている。

時間、時間とは何だろう?

数時間前には、ぼくたちはまだ互いにくっつき合ってベッドで横になっていたし、彼女のきらきらする瞳がぼくの心のなかを覗き込んでいた。ぼくたちは何も予感せずに朝食をとり、ナミコが松の木に向かってぶらぶら歩いているとき、ぼくは新聞の天気予報を見ていた。それなのに、いまではすべてが変わってしまった。ひょっとしたら時間とは、新しい事態の配達人なのかもしれない。

ぼくはナミコのベッド脇の椅子に座って、頭を彼女の胸の上に載せ、温かい体を抱いていた。彼女の胸郭はゆっくりと規則正しく上下していた。彼女の体に付けられた何本かのケーブルが、脈拍や脳波を示す機械につながれていた。小さくピーピーという音が、彼女の脈拍を耳で聞けるものに変換していた。しかし、何かがゆっくりと遠ざかっていくようにも思えた。

時間とは何だろう？

ぼくは頭を上げ、彼女の穏やかな顔を眺めた。「どれだけ長い時間を一緒に過ごしたかじゃなくて、どれくらい時間を濃密に過ごしたかが重要なのよ」ナミコだったらいま、こう言っただろう。それどころか、そう言いながらほほえんだかもしれない。時間というのは一つの容器であって、どれくらいそのなかに詰め込むかは一人一人に委ねられているのかもしれない。

その間に医師が入ってきて、ぼくたちの様子を見た。ぼくは彼に、ナミコのお父さんに連絡してくれるように頼んだ。自分で電話することも考えたが、もしかしたら最後の瞬間になるかもしれないこのとき、ナミコを一人にしたくはなかった。

ナミコの隣でぼくも頭を枕に載せ、指で彼女の顔を撫でた。いつもよくやっているように、彼女の眉をやさしくなぞり、それから鼻の頭に指を滑らせた。何かを考えこむときに、いつも彼女自身が指で擦っていたところだ。

「ありがとう」ぼくは彼女の耳にささやきかけると、こめかみにキスした。時間のリズムは、秒ごとの切り替わりで刻まれるのではなく、与えることと受け取ることの切り替わりのなかにあるのかもしれない。あるいは、来ることと行くことのなかに。ちょうどナミコが母親のことを話しながら掻き回していたスープのなかの野菜のかけらが、浮かんだり沈んだりしていたように。

「ぼくはここにいるよ」とぼくは言い、唇で彼女の口に触れた。ぼくの声が聞こえないとしても、心でぼくのことを感じることができるかもしれない。

医師がやってきて、お父さんには連絡がつかなかった、と告げた。ぼくたちはタクシーを「月のため息」の庭園に送って、運転手にお父さんを探してもらうことにした。

「これからどこに行くのか、きみは知らないんだよね」また二人きりになったとき、ぼくはささやいた。「でも、見ることも知ることもなくこの世界を去るとしても、けっして後悔しないと確信していいよ。信じてほしい、ぼくにはよくわかってるんだから。灯台のこと、まだ覚えてるかい？　それからあの暗い洞窟のなかを歩いたことを？」

ぼくは全身を震わせてむせび泣いた。両手で彼女の指をつかんだ。まるで、そうすればナミコをこの世に引き留めることができるかのように。時間というのは、つかまえようとすればするほど少なくなっていくものなのかもしれない。つかんでも手がすり抜けてしまう幽霊のようなもの。幻影だ。

彼女の顔を見つめていたが、彼女の頭のなかで何が進行中なのか、探り出すことはできなかった。ぼくがいることをわかっているだろうか？　いま死んでいくところだとわかるのだろうか？　ぼくたちのことや、ぼくたちをこんなに固く結びつけたすべてのものについて、考えているだろうか？　母親のことを考えているだろうか、あるいはもう遠くに母親の姿が見えているだろうか？　ナミコは悲しんでいるのか、それともこれから起こることに興味津々なのか？

ナミコがぼくに言った最後の言葉は「またあとでね」だった。彼女はそれを、どんな意味で言ったのだろう？

タクシーの運転手が電話してきた。お父さんは「月のため息」の庭にもいないということだった。病院は、彼の家に電話し続けることにした。

そのすぐあとで、ナミコはほとんど聞こえないような、ため息のような声を出した。そして、ぼくの心臓が首まで届きそうなくらいに激しく鼓動し、ナミコの分まで血を送り出そうとしているように思えたとき、ナミコ自身の心臓は鼓動をやめた。こめかみの裏の小さな血管も、もう脈打っていなかった。ピーピーという電子音は、単調なジーッという音に変わってしまった。ぼくは両手で、慣れ親しんだ彼女の顔を包んだ。奇妙なことかもしれないが、ほんの一瞬、ぼくたちがときおり一緒に沈黙していた様子を思い出してしまった。泣いていたせいで、息を吸うのが難しかった。ナミコは音が聞こえるくらいに息を吐き出し、それから胸郭が動かなくなった。突然、世界がとても静かになった。

ナミコは眠った。永遠に。

「またあとでね」ぼくはささやいた。

45

風がかすかに草を撫で、取れかけていた葉を引きさらって水の上まで運ぶと、母親が赤ん坊を寝かせるようにそっとそこにおいた。小さな緑のボートのように、木の葉は水の表面で揺れ、ゆっくりと遠ざかっていった。木の枝がゆっくり左右に揺れている。まるで、手を振りながら誰かに別れを告げているようだ。ぼくたちの背後で一羽の鳥が音を立てて木の梢から飛び立ち、頭上をバタバタと飛んでいった。蟬たちが単調な賛美歌をハミングしていた。たぶん、ぼくが最初に日本に来たときにこの場所で鳴いていた蟬の曾孫たちだろう、とぼくは考え、水のなかを見つめた。遠くから、文明社会が咳をする音がはっきりとこちらに迫ってくる。どうやら人の生活は、この特別な瞬間においてもそこらじゅうで立ち止まるわけにはいかないようだ。ぼくのそばで一匹の蛙が、いかにも蛙らしい尻上がりの声で鳴いた。あたかもぼくたちに質問するように。あるいは、そもそも世界に対して質問するように。ナミコはかつて、蛙の鳴き声はどれも、するべきタイミングに人間が質問しなかった問いを、代わりに発してくれているのだと主張していた。太陽の最後の光が、植物と、小さな心の形をした島がある池に触れていった。そうすることで、この光景の正確な像を描こうとするかのようだ。

ぼくたちは二人きりだった。

ぼくは深く息を吸い込み、目を凝らして鯉たちを眺めた。鯉は水面の下をあちらこちらに動きながら、幸運にありつけないかといつも探し回っているのだった。小さな波が池の上に広がっていった。折れ曲がった葦の茎が、好奇心の強い池の住人が立てた潜望鏡のように、水中から突き出ていた。アメンボが穏やかに日の光を浴びて昼寝をし、鯉に食べられてしまう寸前の、短い生の最後のひとときを楽しんでいた。ぼくの足許の岸辺に打ち寄せるとき、水はほとんど聞こえないくらいの、びっくりしたようなゴボゴボという音を立て、それからまた引いていった。空気には、一日が終わるときの匂いが漂っていた。

「準備はいいかな?」聞き慣れた声が隣で聞こえた。ぼくはさらに十秒間、池のなかを見つめてからうなずいた。もちろん準備などできていなかったが、準備ができるまで待ったとしたら、永遠に立ち尽くして物事の移り変わりを眺めていることになってしまうだろう。

だからぼくは、「はい」と言った。「始めましょう」

短い間があったが、そのあいだにぼくたちは肩を並べて立ち、沈黙した。いまは問いを発するときではないと悟ったかのように、蛙が突然鳴くのをやめた。

「よろしい」とナミコのお父さんが言った。ぼくたちは互いに向かい合い、目を合わせた。それから彼は厳《おごそ》かにうなずいて、うやうやしく骨壺を取り出した。骨壺は夕日に当たって黄金に輝いていた。小さな太陽みたいだな、とぼくは思った。お父さんはかしこまって蓋を外した。それはまるで、傷ついた野鳥を看護して怪我を治してやり、靴箱から外に出して逃がしてやる少年のようだった。彼は慎重に骨壺を傾けた。灰が細かい筋になってさらさらと外に流れ出し、風がそれを用心深くさらって運んでいった。灰は空中に浮かび、何かから解放されたかのように、小さな渦になった。かすかに照らされた小さな霊魂のように、生命の塵は夕日を受けながら池の上を漂い、どこに行くべきかわからないようだった。やがてそれらの粒子は、新しい世界と新しい人生を点検する慎重な情報収集者のように、スローモーションで水の上に舞い降りていくと、そのなかに消えていった。一緒に暮らし始めて間もないころに、ナミコが小麦粉の粉をぼくと自分に振りかけたことを思い出した。

骨壺が空になると、ナミコのお父さんは腕を下ろした。それから震える手で、また蓋を閉めた。ぼくは、波の子どもの最後の痕跡が水に沈み、音のない音を立てるのを見ていた。

「生きているあいだ、きみは娘を大切にしてくれたね。これからも大切にしてやってくれたまえ」お父さんは言い、ぼくに骨壺を渡した。

「そうします」ぼくは約束した。両手で骨壺を、ぎゅっと心臓に押しつけた。

エピローグ

笛の音を聞くと、ぼくはいつもナミコを思い出さずにはいられない。

たいていそれはゆったりとした深い尺八の音色で、ぼくが植物の世話をしているあいだにナミコのお父さんが「月のため息」の庭で演奏してくれるのだが、その音の魔術はぼくを陶然とさせてしまう。お父さんはさらに年を取り、だんだん体力が衰えてきたので、植物の手入れはぼくの手に委ねられた。お父さんにとってどれほど庭園が大切か、ぼくももちろんよくわかっているので、こうして委ねられたことを光栄に思い、できるかぎりのことをしている。庭をきれいにするだけでなく、お父さんがしてくれる話も大切にしている。人の話というものは、大切にしないと消え去ってしまうのだ。

それから、もう一つ新しいことが加わった。

ぼくはときおり池の岸に立って、波を眺める。そうするといつもほほえまずにはいられない。ナミコとぼくが初めてここに座っていて、泥棒と勘違いしたお父さんに追い払われたときのことを思い出すからだ。いまではぼくたちはよく一緒に小さな心の形をした島に座り、お父さんが尺八を吹く。尺八がその響きによって庭園の「生命の道」を探っていくのと同じことを、月もやっているのだ、とお父さんは言う。月はぼくたちの明日の顔を示し、人がちょうど歩いている道を見下ろしている。だからこそ月は、ぼくたちをこれほど強く感動させるのかもしれない。星空を見上げるときに、自分も未来から自分たちを観察していることに気づくからだ。後の思い出のために、ぼくたちは責任を負っていると自覚できるのだ。

自分が過去に生きているというつもりはない。でも月が、細くなったり丸くなったりするその形だけでは解明できないように、人間も現在そうであるところのものだけではなく、昨日のものからも成っている。ぼくたちの内部では、過去と現在が混じり合っているのだ。現実において、その両者は同じものなのかもしれない。時間とはそもそも何なのだろう？　時間は一緒になっているものを引き裂いていく。時間は人間を過去にそうであったところの人物から切り離していく。ときには同じ瞬間を生きている二人の人間を引き離すこともある。時間とは非常に作為的なものだから、ぼくたちはあまり多くの重みを時間に与えない方がいいのかもしれない。

リビングの棚には小さな木の舟がおいてある。そのなかにはナミコの筆跡で公案が書かれた紙ナプキンが丸められている。「ミスター・マッソー」に座ってまなざしがふと木の舟に触れるとき、ぼくの思考は時間を越える腕のように体験をたぐり寄せ始める。そんなとき、ぼくとナミコはまたトラクターに座り、田舎の風景のなかをがたがたと進んでいき、ぼくにはナミコの笑い声が聞こえる。あるいはぼくたちは雨のなかを跳び回り、落ちてくる雨とボクシングをしている。街のなかを歩いているときには、ぼくはいつも遠回りをして京都駅の前の広場を通る。ここでナミコのお父さんが、例の古い車でぼくたちを迎えに来てくれて、空港まで連れていってくれたのだ。あのころナミコが地面に埋めたサクランボの種からは、立派に一本の木が育っていた。これはぼくにとって、過ぎ去ったものが現在に豊かな実を結びうるという、とても心安らぐ証明だ。駅という文字のなかの「馬」の印のように。

ぼくは満ち足りた幸せな人間だと思っている。過去と現在だけを視野に収めているわけではなく、確信を持って未来も見据えている。「待っている恋人」。これは、ぼくが禅寺の庭に立っていて、ナミコが松の木の意味を説明してくれたときにぼくに向けた最初の言葉の一つだ。それを彼女の最後の言葉と結びつけるなら、彼女はどこかでぼくのことを待っていると思えるのだ。ほんとうにそうなのかどうか、もちろんぼくにはわからないが、知識のない状態こそが、かつてぼくをナミコのところに連れていったのだ。ズボンのポケットに手を突っ込んで、あの小さな松ぼっくりに指で触れるとき、ぼくは未来への大きな信頼を感じる。最初に二人の関係が始まるきっかけとなった「待っている恋人」が、最後にはナミコ自身になったのだと、ぼくの腹は告げる。彼女は未知の世界で、ぼくがいつの日にかあとを追ってくることを、信頼しつつ待っているのだ。いつか、ぼくは霧の立ちこめたドアを通ってそこへ行くことだろう。その向こうではナミコが草地に立っているか、熱い風呂に入ってぼくに赤ワインのグラスを差し出すかしながら、言うことだろう。「やっと来てくれたのね」そしてぼくは、「やあ、お寝坊さん」と答えるだろう。ぼくたちは二人ともほほえむだろう。

それまでは、ぼくは京都での人生を楽しもうと思う。地上での生活が存在の形式の一つにすぎないとしたら、別の形式もあるに違いない。ぼくは待つことができる。もう一つの生において、ぼくはすでに三十年近くもナミコを待っていたのだから、また待つことはできる。最初のキス以来、ちょっと辛抱するのがときにはいいことなんだと、ぼくにはわかっている。待つというのは、ささやきによって存在を満たしていくようなものだ。

いいこと言ったな、とあの年取った漁師なら言うだろう。

著者の注記

暗くなった光は、もう光ではないのだろうか？　この本に載っている公案はすべて実在するもので、禅寺での瞑想の際に使われるものなのだけれど、いまここに書いた光についての公案だけは、ぼくが創ったものだ。この公案は、ぼくの側のちょっとした言い回しの間違いと、編集者の注意深さによって生まれた。ぼくは原稿のどこかで「暗くなりつつある光のなかの」木について書いたのだが、この本を編集者として担当してくれたフェリチタス・イーゲル博士が、その横に「光は暗くなれるのでしょうか？」と書き込んだのだ。

それについて長く考えれば考えるほど、形而上の世界の思考の結び目のなかで、自分を見失ってしまう。たとえば生は死ぬことができるのかという問いはすぐに浮かんでくる。しかし、どんなに長く考えても、最後まではっきりした答えは得られないのだ。もっとも、その書き込みの本来のメッセージには、ぼくはとっくに、直感的に従っていた。小さな欄外の書き込み、ひそかで控えめな事柄の方が、ぼくたちが意識するよりもずっと大きな影響力を持ったりするのだ。

心理学者たちはくりかえし、「腹のなかの気持ち」についての問いに取り組んでいる。そして、彼らはくりかえし、頭と腹を学問的な試みのなかで対峙させようとする。この本のなかで言及した、直感についての調査（ストロベリージャムやポスターを使った、学生や経済界のリーダーに対するもの）は、実際に行われたものである。こうした調査では学者たちはみな、ときおり自分の腹（もしくは心臓）に気持ちを訊いてみるのがよい、と結論づけている。熟考するよりも直感で結論を出す方が、しばしばいい結果が出るというのだ。

この本に出てくる地名も、事実に即している。京都市街の描写もそうだし、吉田神社のそばにある「茂庵」というカフェも、石垣島の「グリュック《しあわせ》」も実在している。「向月台」と「銀沙灘」のある銀閣寺の庭園は、日本でもっとも有名な庭園の一つで、絵のように美しい「哲学の道」のすぐそばにある。

文中で触れた藤戸石の歴史は、十六世紀まで遡る。武将の命令によって、その藤戸石は発見された海岸から二百五十キロ離れた場所まで、船と荷車によって運ばれた。一五六九年には将軍の足利義昭に敬意を表するためのパレードにも参加した。金襴緞子《きんらんどんす》に包まれ、花で飾られて、石は支配者が新しく建てさせた屋敷に移動したのだ。石はその場所からさらに二度引っ越した。現在では京都の醍醐寺の庭で、その石を見ることができる。「月のため息」の庭園は創作で、そのなかにある藤戸石のかけらも存在しない。
日本の庭園や公案、漢字についての情報を集める際には、以下の本を参考にさせていただいた。

Daisetz T. Suzuki『Koan』
Amiyo Ruhnke『Zen koans』
日本庭園研究会『日本庭園をつくる』
Edith W. Lewald, Michiko Ebato『Nicht überall schreibt man mit ABC』
Marc Peter Keane, Haruzo Ohashi『Gestaltung Japanischer Gärten』
Irmtraud Schaarschmidt-Richter『Gartenkunst in Japan』
伊藤ていじ『Die Gärten Japans』
Kenneth G. Henshall, Tetsuo Takagaki『A Guide to Remembering Japanese Characters』
Martin Collcutt, Marius Jansen, Isao Kumakura『Japan. Bildatlas der Weltkulturen』
土居健郎『「甘え」の構造』

訳者あとがき

本書に出会ったのは数年前。わたしはちょうど、オランダのセース・ノーテボームが日本を舞台に書いた小説『木犀!』を訳し終わったところだった。『木犀!』は東京に来たオランダ人カメラマンの、日本人モデルとの遠距離恋愛を描いたものだ。何度も来日し、日本文化を熟知しているノーテボームの日本描写は、訳していてとても刺激的だった。一方で、外国人の目から見た日本の姿に、どきっとさせられることも多かった。優れて繊細な伝統芸術を保持しながら、大都市東京は雑然とし、それほど伝統が重んじられているようにも見えない、というコメント。人々は礼儀正しく外国客に接するが、なかなか心を開こうとしない…。『木犀!』の主人公は、傷心を抱えて銀座を歩く。ちなみに、「木犀」というのは、彼が恋をするモデルのあだ名である。

ひるがえって本書も、タイトルに日本女性の名前が入っている。舞台は京都。作者のセシェはノーテボームより三十五歳も若い。しかも数年間の対日経験があり、漢字も読めて禅や日本庭園にも造詣が深い。若い世代の作家は日本をどう見たのだろうか、と興味を引かれた。

海外の作家が日本を舞台に書いた本は枚挙にいとまがない。幕末から明治にかけて日本を訪れた人々によって、たくさんの日本見聞記が書かれた。ピエール・ロチの『お菊さん』など、フィクションも書かれ、日本からもたらされた浮世絵は欧米で評判となってジャポニズムが流行し、プッチーニは長崎を舞台にオペラ「蝶々夫人」を作曲した…。日本は長いこと、神秘の国、礼節の国、誇り高い人々の国、といったイメージを重ねられてきた。戦後、高度経済成長を経ても、日本社会には欧米人にとって謎の部分が多く残っていたように見える。日本のなかの「閉じた部分」に対する苛立ちが、ノーテボームの本からは感じられることもあった。

ところがセシェの主人公は、悩みつつもドイツでのキャリアを捨て、日本での生活に飛び込んでいく。その柔軟性に、まずは驚かされた。彼が出会うナミコという女性は、日本文化への導き手として、大きな役割を果たしている。大学でドイツ文学を学び、語学が堪能な彼女は、彼にとって格好のガイドとなる。二人は若く、好奇心も旺盛で、行動力もあり…となれば、さまざまなエピソードが生まれるのは当然だろう。

翻訳していて、わたし自身、たくさんのことを本書から教えられた。禅の公案について自分は無知だったし、「曲水の宴」（本文中では「くねくねと流れる小川の祭り」と直訳したが、ほんとうにこういうお祭りがあるんですか、というわたしの問いに対して、作者が「曲水の宴」という言葉を教えてくれた！）という言葉も初めて聞いた。吉田神社のそばの「茂庵」や、鴨川のほとりの「スターバックス」など、この小説には実在の場所がたくさん登場する。さらに、作者も書いているとおり、石垣島にある食堂も実在する。ドイツ語で「しあわせ」を意味する「グリュック」というお店だ。なんと、セシェはこのお店の開店当時、しばらく厨房を手伝ったこともあるらしい！

もちろん、この小説の語り手を単純に作者と同一視することはできない。セシェがいまドイツに住んでいるという点だけでも、すでにこの話の主人公とは違う。小説の内容はあくまでフィクションである。ただ、主人公に作者の自伝的な要素がいろいろと見てとれるのも事実だ。セシェもジャーナリストとしてハンブルクの出版社で働いていたし、日本にいるときにはゲーテ・インスティトゥートで仕事をしていたらしい。彼はまさしく日本通であり、好きな場所をたくさん織り込んで初めての小説を書き、日本に対する一種のオマージュとして完成させたのだ。

二〇一一年に本書で作家デビューしたセシェは、『囀《さえず》る魚』『蝉時雨の刻（仮題）』と、その後も順調に作品を発表している。本をめぐる哲学的なファンタジー『囀る魚』は酒寄進一訳で、昨年西村書店から出版された。『蟬時雨の刻』も本年中の刊行が予定されている。日本におけるセシェのファンが増えていくことを期待したい。

本書の翻訳にあたっては、西村書店のみなさまに大変お世話になったことを感謝します。また、ドイツの「ヨーロッパ翻訳者コレギウム」(Europäisches Übersetzer-Kollegium)からもサポートをいただきました。

二〇一七年夏

松永美穂

アンドレアス・セシェ　(Andreas Séché)
1968年、ドイツのラーティンゲン生まれ。大学で政治学、法学、メディア学を学ぶ。ジャーナリストであり、新聞社で働いた経験がある。ミュンヘンの科学雑誌の編集者を数年間つとめた後、デュッセルドルフ近郊にある故郷へ戻り、パートナーと田舎に暮らしながら小説を書いている。日本を頻繁に旅行し、東京、京都、日本文化に魅了される。作品は本書のほかに、『囀（さえず）る魚』(既刊)、『蝉時雨の刻（仮題）』（小社より刊行予定）がある。

松永 美穂　（まつなが・みほ）
1958年、愛知県生まれ。早稲田大学文学学術院教授。専門はドイツ語圏の現代文学・翻訳論・ジェンダー論。著書に『誤解でございます』(清流出版)、訳書に『朗読者』（新潮社）、『三十歳』（岩波書店）、『夜の語り部』『ヨハンナの電車のたび』（以上、小社刊）などがある。毎日出版文化賞特別賞（2000年）、日本絵本賞翻訳絵本賞（2015年）受賞。

ナミコとささやき声
2017年10月5日　初版第1刷発行

著　者＊アンドレアス・セシェ
訳　者＊松永美穂
発行者＊西村正徳
発行所＊西村書店 東京出版編集部
〒102-0071 東京都千代田区富士見2-4-6
TEL 03-3239-7671　FAX 03-3239-7622
www.nishimurashoten.co.jp

印刷・製本＊中央精版印刷株式会社

ISBN978-4-89013-773-2　C0097　NDC943